美国自然文学研究

石海毓 ◎ 著

首都经济贸易大学出版社
Capital University of Economics and Business Press
·北京·

图书在版编目（CIP）数据

美国自然文学研究／石海毓著．--北京：首都经济贸易大学出版社，2024.5
ISBN 978-7-5638-3688-8

Ⅰ．①美… Ⅱ．①石… Ⅲ．①文学研究-美国 Ⅳ．①I712.06

中国国家版本馆 CIP 数据核字（2024）第 086981 号

美国自然文学研究
MEIGUO ZIRAN WENXUE YANJIU
石海毓 著

责任编辑	潘 飞
封面设计	砚祥志远·激光照排 TEL: 010-65976003
出版发行	首都经济贸易大学出版社
地　　址	北京市朝阳区红庙（邮编 100026）
电　　话	（010）65976483　65065761　65071505（传真）
网　　址	http://www.sjmcb.com
E-mail	publish@cueb.edu.cn
经　　销	全国新华书店
照　　排	北京砚祥志远激光照排技术有限公司
印　　刷	北京九州迅驰传媒文化有限公司
成品尺寸	170 毫米×240 毫米　1/16
字　　数	129 千字
印　　张	10
版　　次	2024 年 5 月第 1 版　2024 年 5 月第 1 次印刷
书　　号	ISBN 978-7-5638-3688-8
定　　价	52.00 元

图书印装若有质量问题，本社负责调换
版权所有　侵权必究

序　言

　　20世纪80年代以来，美国文学界兴起了一种文学流派——自然文学（nature writing）。程虹在《美国自然文学三十讲》里指出，"自然文学是以文学的形式，引导人们去化入一种既有利于身心健康又融入自然的精神境界。它强调人与自然进行亲身接触与沟通的重要性，并试图从中寻求一种文化与精神的出路，唤起人们与生态环境和谐共存的意识，践行新型的生活方式"。可见，自然文学就是关于人与自然关系的文学。爱默生（Emerson）认为，自然之于人类，不仅是物质，而且是过程和结果。自然展现在人类眼前的不仅仅是有形的物质世界，更有这物质世界所显现的造物的神奇与美妙。自然从来都是抚慰心灵、启迪思想、荡涤灵魂之所在。爱德华兹（Edwards）在牧场中漫步时所体验到的上帝之光的辉映，巴勒斯（Burroughs）在鸟儿啁啾、阳光轻抚的森林漫步时高贵灵魂的展现，缪尔（Muir）在优胜美地山徒步时的王者归来风度，梭罗（Thoreau）在瓦尔登湖畔辛勤劳作时爱土地、敬自然之朴素情感的流露，迪拉德（Dillard）在汀克溪边对自然朝圣时所感受到的自然之神奇与威力，凡此种种，无不显示出大自然中蕴藏着的丰厚的

精神资源、充足的心理能量以及实用的指导原则。

人类利用自然资源来实现经济的发展,这似乎与文学无关;要保持地球生态系统的平衡,似乎文学也帮不上忙。但鲁卡特(Rueckert)在《文学与生态学》一文中指出,生态学的第一法则就是"每一件事都与其他的事联系在一起"。他阐述了诗歌在维持生命能量路径中的作用。他认为,诗歌是存储起来的能量,是一股湍流、一个生命、一轮旋涡,是维持生命的能量路径中的一个部分,是化石燃料(储存的能量)的言语对应物。化石燃料可能会耗尽、用光,但诗歌不会,因为它是能量的可更新资源,来自具有生产力的语言和想象力。在文学中,所有的能量都来自创造性的想象,而这创造性的能量的持续流动是人类生命赖以存在的基础。阅读、教学以及批评话语都是诗歌中储存的能量和力量的释放。根据热力学原理,能量不会消失,只会转换、降级或释放。因此,诗人从自然界中获取能量,将其存储在诗歌中,通过诗歌将能量以抚慰、启迪、警醒等方式传递给读者。并且,这能量也可以在人与人之间传递。

自然文学作家也同诗人一样,实际上,有的自然文学作家本身就是诗人。他们从自然中汲取能量和力量,并通过自然文学向人们讲述自然的故事,传递自然的能量,揭示自然的启示。巴特姆(Bartram)在荒野观察中认识到,自然界是作为一个整体而存在的,他对这一人与自然相互关系的认识贯穿在其名作《旅行笔记》中。艾比(Abbey)在沙漠中领悟到,人只是自然体系中的一分子,这一领悟也写入了他的代表作《大漠孤行》中。巴特姆、艾比等作家通过自然书写告诉人们,自然是一个有机整体,人类则是这个整体中的一部分。在经历了一场几乎致命的肺炎之后,迪拉德选择在汀克溪边生活一年,以深入体验生命,获得精神力量;而作为单乳女性家庭中一员的威廉姆斯[此处指特里·坦皮斯特·威廉姆斯（Terry Tempest Williams）]选择了大盐湖作为自己心灵的庇护所；梭罗、奥斯汀（Austin）则通过描述他们在瓦尔登湖畔、美国西部沙漠中的生活，向人们呼吁接近自然，经历自然，融入自然，过一种更为简朴、更为精神化的生活。

自然文学作家用他们敏感的心灵感受着自然，敏锐地观察、发现着自然，用朴实的语言讲述着自然，使自然界中那些我们没有见过或曾经视而不见的东西得以被看见。自然文学作家就是肩负着这样责任的人，他们要让我们了解、感知大自然中各种各样的神奇与美妙。不仅如此，恰如艾比所宣称的那样，"我要做文化的批判者"，他写作时所持有的那种有意识的愤怒态度是希望唤醒人们，而不是去取悦读者。可见，在处理人与自然的关系中，自然文学还力图帮助人们形成正确的观念，并以此影响人们的生活方式。

怀特［此处指小林恩·怀特（Lynn White, Jr.）]认为，我们的生态危机的根源在于文化，要解决生态危机，就要改变我们现有的文化。按照通常的理解，文化是一种社会现象，是能够被传承的国家或民族的历史、地理、风土人情、传统习俗、生活方式、文学艺术、行为规范、思维方式、价值观念等。文学包含在文化中，因而其在文化的形成中必然会产生相应的作用。也正因为如此，自然文学作为文学的一部分，在我们进行生态文化培育和生态素养养成的过程中也会发挥不可或缺的作用。

目　录

第一章　美国自然文学概述 … 1
　第一节　美国自然文学的源起及发展 … 1
　第二节　自然文学与生态文学之辨 … 11
　第三节　美国自然文学的现实价值 … 17

第二章　生态批评研究 … 31
　第一节　生态批评在西方的兴起及其主要代表人物 … 32
　第二节　西方生态批评的发展历程和主要思想来源 … 46
　第三节　生态批评在中国：借鉴西方与自主创新 … 62

第三章　美国自然文学的建设性后现代主义特征 … 76
　第一节　建设性后现代主义的超越性与建设性 … 79
　第二节　美国自然文学的超越性：超越人类中心主义 … 85
　第三节　美国自然文学的建设性：大地伦理 … 93

第四章　中国传统文化对美国自然文学的影响 …………… 102
第一节　中国传统思想中的自然观 ………………… 103
第二节　西方自然观 ………………………………… 107
第三节　美国自然文学作家对中国传统思想的接受与实践 …… 114

第五章　生态文明与美国自然文学 …………………………… 128
第一节　生态文明的概念与内涵 …………………… 128
第二节　盲目发展的根源、危害和简单生活的智慧 ………… 133
第三节　生态文明视角下的美国自然文学 ………… 141

参考文献 ……………………………………………………… 148

第一章 美国自然文学概述

第一节 美国自然文学的源起及发展

在美国,自然文学(nature writing)最初是在回应工业革命的过程中出现的,并逐渐成为最流行的田园主义文学形式之一。自然文学是以第一人称非虚构形式书写的"人走入自然"时的身心感受,并因此而具有多种书写话语的属性:因其科学特性而具有自然史的属性;因其记录了自我与世界中其他力量互动时的成长与成熟而具有了精神自传的属性;因其追踪从一处到另一处的位置改变,并记录了对新鲜的、熟悉的现象的观察而具有了旅行书写的属性。莱昂(Lyon)在《这片举世无双的土地:美国自然文学指南》(*This Incomparable Land: A Guide to American Nature Writing*)一书中指出了自然文学的三个维度,即自然历史信息、个体对自然的回应以及对自然的哲学阐释,并根据这些维度在书写中所占比重的不同对自然文学进行了细分。包括:①田野指南和专业论文,如皮特森(Peterson)的《北美西部鸟类田野指南》(*A Guide to Birds of Western North America*);②自然史论文,如缪尔(Muir)的

《塞拉研究》、卡森（Carson）的《我们周围的海洋》；③随笔，如巴勒斯（Burroughs）的《醒来的森林》、迪拉德（Dillard）的《汀克溪的朝圣》；④有关返乡生活的作品，如梭罗（Thoreau）的《瓦尔登湖》、贝斯顿（Beston）的《遥远的房屋》、艾比（Abbey）的《大漠孤行》；⑤旅行和冒险笔记，如巴特姆（Bartram）的《旅行笔记》、梭罗的《缅因森林》、洛佩兹（Lopez）的《北极梦：北方美景中的想象和欲望》；⑥有关农场生活的作品，如贝里（Berry）的《持续的和谐》；⑦有关人在自然中的作用的作品，如巴勒斯的《接受宇宙》、克鲁奇（Krutch）的《伟大的生命之链》①；等等。

在上述七类自然文学作品中，来自作家的作用和影响是不同的。例如，在自然史的书写中，不论作者采用何种方法呈现自然，其主要任务都是传达自然事实。然而在随笔中，作者通常在居住地附近进行短暂远足，并将自己当作一个参与者和观察者记录下所看到的景象。随笔作者通常不会离家很远，也很少去到荒野中，他们中的多数对自己的居住地附近充满兴趣。在返乡生活、旅行和冒险笔记以及农场生活这三类自然文学作品中，作家则以走入自然、亲身体验自然作为其写作基础：他们或是在荒野中搭起小木屋，或是划着小船顺流而下，或是夜晚在沙滩漫步，或是凝视着沙漠中的落日沉思……在这样的体验中，作家将自然的历史呈现给读者。"有关人在自然中的作用"这类作品则主要是对人与自然关系的综合分析，阐释在其中占据了主导地位，自然史实或者个人体验则退居次要地位；哲学思辨成为主要内容，陈述也因此更加抽象。但是，不论自然文学采用何种表现方式，其根本目标都是将人们的关注点转向自然。

---

① Thomas J. Lyon, *This Incomperable Lande*, New York: Penguin Books, 1991, p. 3-4.

一、源起背景

自然文学在美国出现最重要的原因之一是美国特有的地貌，适宜而多样的生态环境为自然文学作家提供了走入自然、体验自然的各种可能，也促成了自然文学的发生和蓬勃发展。比如，位于美国马萨诸塞州南部巴恩斯特布尔县的钩状半岛科德角曾令贝斯顿心醉神迷，流连忘返。于是，他于1925年在靠近科德角的海滩买下了一块地，自己设计图纸，并请人在海滩附近建了一所简陋的小屋。贝斯顿在此观察海边的各种鸟类和植物，体验大海的四季变化，在孤寂的海滩独自感受自然，与大自然进行心灵的沟通，并写下了《遥远的房屋》一书，书中既描绘、赞美了大自然的壮丽，也揭示了大自然的冷酷。又如，佛罗里达半岛鲜亮的绿色让巴特姆看到了未被人类涉足的天堂般的景象并由此写下了《旅行笔记》，他在书中以细致生动的笔触描述了尚处于原始状态的美国东南部的自然风景，描绘了荒野的壮丽之美。孕育着野性富饶之美的大平原、西南部的沙漠，神圣壮美的优胜美地山、大峡谷……这些美国特有的地貌赋予了自然文学作家以丰富的写作素材。当然，每个自然文学作家都宣称自己没有足够的语言来充分描绘这些自然之美。

起初，最吸引探险者和定居者的是美洲新大陆清晨的清新，这片新大陆是一个散发着健康之美、拥有完整生态形态的新世界。这片处女地充满野性的新鲜，为文学复兴提供了可能性。直至今日，这块新大陆的发现者们的地质笔记仍然对美国自然文学产生着深远的影响。自然文学作品可以将人重新带入自然，让人们进入一个比人类世界更伟大、更悠久的新世界。在那里，人们的心灵犹如重归熟悉的家园。但是，人类创造的历史并不能反映这一内在的新的体验（造成这样的结果的原因很多）。为了看到这个崭新且充满活力的新世界，人们需要纯净的荒野来

唤醒大脑。

西方文明的传统深受希伯来文化和希腊文化的影响。这是强有力的、二元对立的文化，不论是在哲学上还是在心理学上，都强调精神与物质、个体与环境、人与自然的分离。可以说，正是源于这两种文化的基督教和理性主义推动了人类中心主义的确立。具有隔绝特征的、西方式的自我意识使得人将自己与自然隔离开来，将自我视为主体（即西方文明极力强调的生命的自我主义和自我意识），将自然视为他者。

起主导作用的西方文明观，在美国语境下对土地、气候乃至文化、道德造成了极大的影响。其影响的结果之一，是自我主义激发了开拓行为；同时，自我意识使得人们没有注意到自己行为的副作用，从而忽视了那些能够促使自我约束的信息。当年，那些新大陆的开拓者们还没有用生态整体观来认识世界，而只是从实用主义的角度出发，从保证自我安全的角度出发，造成一种近似于本能的对自然的"殖民"行为。这种狭隘的观念导致自然仅仅被当作资源对待：森林、动物、矿藏等被人类无情地利用甚至滥用，人类对它们并没有道德层面的思考和关照。

在这个历史进程中，博物学家和自然文学家组成了持有不同观念的少数群体。他们的作品与自我（个体）乃至人类剥离，重新聚焦于外部世界，将自然视为能够积极地为人类带来巨大的愉悦和幸福的基础。

自然文学与浪漫主义有着相似的观点，认为人与世界本质上是一个整体。它们蔑视物质主义，热爱自发的、能够唤醒生命活力的事物，同时偏爱简单、原始的东西。但是，自然文学又不仅仅是浪漫主义，它还包含着许多科学元素，正如以梭罗为代表的大多数自然文学家清楚地表明了其对待科学的态度：不要低估事实的价值![1] 缪尔曾致力于研究早

---

[1] Thomas J. Lyon, *This Incomperable Lande*, New York: Penguin Books, 1991, p.2.

期冰川科学，并对内华达的塞拉山脉做了大量艰苦的研究工作，还将所有的发现材料组织起来写出了《冰川如斧》这一著作。

过去200年最重要的科学发现是，生态关系以及进化改变的证据都与许多浪漫主义者和超验主义者所信奉的整体论的直觉理论和经验理论相一致。浪漫主义听从内心，认为内心与外物同频共振。18世纪末自然文学所展现的重要一点，就是对自然的体验和深入研究指向了对世界的生态意义的理解。在18世纪和19世纪的大部分时间里，来自科学的关注虽然扩大了范围，但是仍保持着有神论和自然神论的基础。这一时期巴特姆的观点颇具代表性。他认为，在人类观察能力所及的范围之内，没有什么比植物世界更能体现造物主神奇伟大的力量，动物也一样展示了造物主和宇宙掌管者的神圣的力量以及智慧和善行[1]。18世纪动植物分类的发展加强了神造世界的认知模式。到了19世纪中后期，随着达尔文（Darwin）进化论的发展，科学的有神论和自然神论的基础开始被自然主义的观点所取代，缪尔可以视作这一过程中的过渡式人物，他由最初的有神论者成为进化论和自然选择观念的接受者。

步入20世纪，大多数自然文学作家对神性主题保持沉默，但是又毫无例外地对自然持有虔诚的态度，他们对自然的亲密感带来了对自然的敬畏和意识上超越了自我层面的对自然的深度认知，认为人与自然是一个整体。这些因素使得自然文学作家在面对"上帝已死"的论调时没有变得悲观，反而保持了一贯的积极的观点。针对社会发展的转速越来越快、环境质量日益下降的问题，自然文学作家也做出了回应，希望对这种过快发展的状况加以纠正。20世纪以来，美国人口持续增长，大量化石能源被消耗，自然环境被破坏。对此，当代自然文学作家也继

---

[1] Thomas J. Lyon, *This Incomperable Lande*, New York: Penguin Books, 1991, p. 21.

续努力地记录下那些逐步消失的事物,许多作家还对自然环境屡遭破坏的糟糕状况进行了谴责。大约自第二次世界大战起,自然文学作家开始了更为具体的批判,同时也给出了针对人类破坏环境的暴行的改正措施。

二、发展历程

18世纪,两次自然哲学革命的发展势头迅猛,个体对自然的回应以及自然在昭示上帝中的作用得以确立,这成为自然文学产生的前提,此外启蒙时期人们进行的大量的田野考察也为自然史的书写提供了充足的知识。在英格兰,怀特[此处指吉尔伯特·怀特(Gilbert White)]的《塞尔伯恩自然史》标志着自然文学的成熟,1791年出版的《旅行笔记》则使巴特姆成为美国第一位自然文学散文家①。尽管散文直到工业革命晚期都还没有得到正式承认,但许多人仍然努力以此种文体对美国的自然环境加以记录,对其原始的美进行回应。在这一过程中,早期的旅行者们起到了不可否认的作用。例如,最早造访北美大陆的人经常会做一些有趣的自然观察,这给后来的生态史学家带来了极大的帮助。

17世纪30年代的新英格兰,是人们对北美大陆的自然环境进行延伸描写的始发地,与之相关的早期作品展示了初到此地的人们对野生动植物、整体环境以及印第安人的浓厚兴趣。这一时期的作品突出了自然的实用性,但也没有忽略自然给人类带来的审美愉悦,展现了欧洲移民在此定居初期北美大陆多样、繁茂的植物和大片开放的草地。然而,定居者将这片土地视为未开垦的荒野并据为己有,这一行为的后果就是造成动植物群落的单一化和野生动植物数量的锐减。对此,一些作家的作

---

① Thomas J. Lyon, *This Incomperable Lande*, New York: Penguin Books, 1991, p. 24.

品中不仅记录了动植物的减少情况，而且在自然史的基础上展开了体验自然的叙事和相关的哲学评论。

被称为美国第一位本土博物学家（亦被称为世界上最伟大的博物学家）的巴特姆经营着一个农场，同时为其英国的资助者进行植物收集①。虽然他不是一位专门从事写作的作家，但确实留下了对荒野之旅的简明记述，为后人了解佛罗里达半岛的动植物提供了参考。与其父不同，巴特姆本人受过良好的教育，很早就显露出艺术天分和在自然史上的能力。1768年，他获得英国一位业余植物学家的资助，开始了长达几年的远足，后将这些游历记录整理并写成《旅行笔记》。这是美国本土第一部完整的自然散文作品，该作品给人留下印象最深的或许是作者的感知能力和大自然的启示带给作者的活跃思想。巴特姆作品的主题表明了人类和其他生命形式具有连续性这一观点，同时，他将道德关怀的范围扩大到"动物的思想也极具现代特点"这一点。总的来说，这一时期的自然文学虽然没有被人的自我中心所限制，但仍然带着很强的作家的自我意识。

具有强烈二元论世界观的早期清教徒将荒野想象成基督教文明的对立面（即邪恶的象征），因此，打破新英格兰的野性自然，建立起城市就成为他们眼中的正义之举。在此定居一个多世纪之后，清教徒们的自我陶醉以及将荒野与邪恶相联系的观念开始弱化，所谓的文明似乎也得以创造，但是一个世纪前他们所希望得到的"净化"并未实现。因此，17世纪后期到18世纪，牧师们一直呼吁着信仰的更新。其中，爱德华兹（Edwards）牧师与其前辈的观念不同，他对荒野持有积极的看法，认为荒野可以成为个体新生开始的地方。在1743年出版的《个人叙

---

① Thomas J. Lyon, *This Incomperable Lande*, New York: Penguin Books, 1991, p. 36.

事》一书中，爱德华兹描绘了自己的内在生命。他在书中写道，有时，对外在世界的关注会让他体验到宁静而甜蜜的精神升华；有时，远离人群独自行走在山中或者旷野中时，他会感受到与上帝的交流。这一时期，来自经验主义的探索打破了传统上对自然的迷信和拟人化的观念。

18世纪末，科学对人的意识领地逐渐开放，一些科学家也开始质疑人们对自然的道德价值所持有的传统看法。1829年，爱默生（Emerson）走上波士顿教堂的布道坛，此时的学术氛围比起两个世纪前已经要自由开放了很多，这既归功于科学在揭示自然的运行原理上的成功，也归功于人们生活水平的提升以及社会发展迅猛阶段中普遍的文化心理。爱默生认为，宇宙不是一个神秘概念，而是可以供人体验的家园。

梭罗虽然受到爱默生的影响，但是仍然拥有自己的体验和观点，并形成了完全不同于爱默生的视野。梭罗的写作采用了比爱默生更激进的博物学视角，对自然的激情和忠诚使他成为卓越的思想家。梭罗承认自然史的哲学属性，同时认为对自然的直觉体验能够使人拥有智慧，他的第一篇散文为现代形式的自然散文确立了框架。梭罗终其一生都在研究二元论这一问题，他试图寻求一种非二元的、纯粹直接的体验，以跨越主客体之间的鸿沟，使人参与自然的整体运行。作为一位作家，梭罗最大的成就是用比喻而非抽象的术语来描述更高级意识的觉醒。他用一种野性的视角来看待自己所生活的时代，其思想远远超出了西方思想的一贯路径。梭罗在其著名的《散步》一文中指出，野性不仅仅存在于荒野之中，文明自身也具有野性，这是与生俱来的，终有一天会觉醒。梭罗说野性是在保护这个世界，这里的保护不是拯救之意，而是来自内部的、持续的创造性力量。贯穿梭罗作品中的自然形象具有明显的可感知性，觉醒的意识不再是一个分离的状态，不再是人类的某种财富，而是和所居之处融为一体的状态。

19世纪后半叶，铁路网的迅速扩张和大规模的资本积累共同造成了对环境的破坏：铁路使得大量的资源运输成为可能，而资本使得主要的工业力量所在地成为人类活动的中心。随着铁路和资本的发展，美国在内战后的几十年中，其工厂体系也不断扩大。20世纪初，工业主导的经济推动了大城市的快速发展，农村的沼泽和湿地也被不断侵占。正是在此时，面对美国的无节制发展，自然文学作家发出了"保护自然"的呼声，梭罗、缪尔、巴勒斯等自然文学作家的作品提高了公众对这一问题的关注度，也影响了美国的国家政策。可以说，这些自然文学作家为自然代言的行为，在一定程度上缓和了激进的增长行为，也减少了此类行为对资源的消耗。

在南行的日记中，缪尔批判了其父亲所信仰的宗教中的人类中心主义教义，这表明他已经超越了哲学上的二元论。缪尔在内华达州塞拉山脉的体验使他感受到了与围绕身边的野性之美的关联，这感觉淹没了不足为道的个人希望和体验。和他的日记不同，缪尔出版的书大多没有聚焦于内部的维度，而是更强调自然中的点滴，他的生态意识就藏在他对眼前场景的描写中。缪尔对美国自然散文的发展做出了极大的贡献：他使自然文学的范围扩大到荒野村庄中的冒险；由于他强调和谐，因而加深了自然文学中关于进化和生态的内容；在他所处时代的语境中，加入了崭新的、强有力的战斗性话语。缪尔在自然荒野中跋涉，他的经历无时无刻不在证明其作品中"山脉即家园"的主题[①]。在缪尔的眼中，荒野不是他者，更不是威胁，而是包括人在内的完整、统一的秩序。虽然缪尔对现代社会的批判没有梭罗那么深刻，但是同样直指其所生活的时

---

① Thomas J. Lyon, *This Incomperable Lande*, New York: Penguin Books, 1991, p. 60.

代。他的作品理念、修辞策略以及整个写作风格也都极具效果。缪尔提醒人们,在破坏荒野自然时要考虑道德维度,并指出"研习自然,更多地和自然交融,能够使基督教文化进入一个新的哲学时代"①。

达尔文之后的多数美国自然文学作家,都简单地将进化论和自然选择与生命之网连接在一起,其中,巴勒斯是这些新观点最为有效的阐释者。他认为,生命存在一个不可言喻的维度,即与自然相一致的体验,自然是生命的家园的感受,以及随之而来的神秘的整体感。巴勒斯最初的作品通常以轻松写实的手法对田野和树林进行记录,表达了一种"整个宇宙"的家园感。其作品中的情感共鸣多来自其自身与家乡强有力的联系,也因此吸引了大量读者。

同一时期,美国西南部沙漠对于有着自由和荒野情结的人充满了吸引力,其中包括自然文学家奥斯汀(Austin)。对自然高度的直觉和敏锐,使她能够看到表面分离的事物通过彼此融入而成为一个整体。到1934年奥斯汀去世的时候,她所在的西南部边疆已经关闭了近半个世纪,美国正不断迈向现代技术大国,而仅存的荒野却逐步变成碎片。

时代的发展对作家提出了新的要求,20世纪的时代背景要求自然文学作家对时代和社会做出有深度的回应。首先,作家要跟上自然历史知识大量增加的脚步,要精准地描写自然。其次,与一个世纪前的作家相比,20世纪的作家要做更多的研究工作。各种新奇事物和新知识激励、鼓舞着自然文学作家去创作,也增强了这一文体作为阐释文学的地位。

---

① Thomas J. Lyon, *This Incomperable Lande*, New York: Penguin Books, 1991, p. 62.

第二节 自然文学与生态文学之辨

"当我们迈入 21 世纪时，可以说人类正面临这个星球上史无前例的环境问题的挑战。主要由于人类的活动，地球生命面临着自 6 500 万年前的恐龙时代以来最大规模的生物灭绝问题。有人估计，如今每天约有 100 种生物灭绝，并且这一速度在随后几十年里还会再翻番。维持生命的自然资源，如空气、水和土壤等正在以惊人的速度被污染。人口数量则在以指数形式增长。1999 年，世界人口达到 60 亿人，而直到 1804 年世界人口才首次达到 10 亿人，可最近增加的 10 亿人口只用了 12 年的时间。人口增长率在某种意义上是降低了，估计下一个 10 亿人口的到来会花上 15 年的时间。随之而来的，是自然资源持续的衰退和损耗。在世界范围内，有毒废弃物会继续累积，而这将严重困扰后代。世界野生区在被开发，森林被砍伐，湿地在干涸，山林被烧毁，草地被过度放牧，它们就要消失殆尽。随着臭氧层的破坏和潜在的温室效应的加剧，人类行为正威胁着大气层和我们这个星球本身。"[①] 上述对地球环境恶化情况的描述在贾斯丁（Jardins）的《环境伦理学》一书中出现了两次，从中足以看出作者对地球的状况以及"一个潜在的灾难性的未来"充满了关注和担忧。被物质和欲望支配的人类似乎忘却了对自然和生命的敬畏，他们疯狂攫取自然，盲目开发，过度享受，对自然界中共生共存的其他生命体极端忽视甚至虐杀，这样的行为导致了人与自然的对立、冲突以及人与自然关系的异化。

自然生态的危机和对自然生态保护的迫切需要成为今天人类面临的

---

① 贾斯丁：《环境伦理学》，林官明、杨爱民译，北京：北京大学出版社，2002 年，第 148 页。

一个严峻的现实,而文学又是作家面对现实的思考,是作者生命体验的表达,因此,这样的现实情况催生了生态文学。这是一种不同于传统文学中有关自然山水、田园风光和动植物题材的写作形式,是人类为了"减轻和防止生态灾难的迫切需要在文学领域里的必然表现",是作家和学者"对地球以及所有地球生命之命运的深深忧虑在创作和研究领域里的必然反映"①。生态文学具有"一种全面的生态力量思想基础的支持,具备自觉的生态写作立场和现实生态危机的迫切语境",它的出现"与现实自然生态和精神文化生态的危机,与生态科学和生态哲学、生态伦理学等思想理论的建构紧密结合在一起,有着极为丰富、深刻的现实根源和思想理论依据"②。

斯洛维克(Slovic)在其专著《走出去思考》(*Going Away to Think*)中指出,所谓的生态文学,即在不同时期被称作"自然写作"或"环境写作"的文学③。

国内学者王诺在《欧美生态文学》一书中对生态文学(eco-literature)的命名加以这样的规范:"生态文学是以生态整体主义为思想基础,以生态系统整体利益为最高价值,考察和表现自然与人之关系和探寻生态危机之社会根源的文学。生态责任、文明批判、生态思想和生态预警是其突出特点。"④ 此外,作者认为生态文学的主要特征有这样四点⑤:

第一,生态文学是以生态系统的整体利益为最高价值的文学,而不

---

① 王诺:《欧美生态文学》,北京:北京大学出版社,2003年,第2页。
② 薛敬梅:《生态文学与文化》,昆明:云南大学出版社,2008年,第9页。
③ Scott Slovic, *Going Away to Think*, Reno: University of Nevada Press, 2008, p. 154.
④ 王诺:《欧美生态文学》,北京:北京大学出版社,2003年,第11页。
⑤ 王诺:《欧美生态文学》,北京:北京大学出版社,2003年,第7—10页。

是以人类中心主义为理论基础、以人类的利益为价值判断之终极尺度的文学。

第二，生态文学是考察和表现自然与人的关系的文学。生态责任是生态文学的突出特点。

第三，生态文学是探寻生态危机的社会根源的文学。文明批判是许多生态文学作品的突出特点。

第四，生态文学在很大程度上可以被看成是表达人类与自然万物和谐相处的理想、预测人类未来的文学。生态理想和生态预警也是许多生态文学作品的突出特点。

美国生态文学主要包括虚构文本和非虚构文本两大类，非虚构文本对生态文学的发展具有重要意义。在美国生态文学非虚构文本的构建过程中，诸如梭罗、缪尔、克鲁奇、利奥波德（Leopold）、卡森、艾比、洛佩兹、贝里、迪拉德、斯奈德（Snyder）等作家都对生态文学的文体建构做出过贡献。生态文学（不论是虚构的还是非虚构的），都以观照自然为己任，全力展现自然界的主体性。

王诺指出，库珀（Cooper）是美国最早关注生态破坏的作家之一，他的《拓荒者》等小说详细描写了人类大规模射杀北美侯鸽等濒临灭绝物种和破坏自然资源的行径，严厉批判了文明对荒野的侵扰。《哥伦比亚美国文学史》对此评价道，"《拓荒者》可以当作警世之言来读"，这是"最早表达现代生态意识的重要作品之一"[①]。梭罗则是浪漫主义时代最伟大的生态作家，以《瓦尔登湖》为代表的生态文学创作使梭罗成为生态文学史上具有启蒙作用和永久影响的作家之一。梭罗重要的散文作品《瓦尔登湖》、《在康科德河与梅里马克河上一周》、《缅因森

---

① 王诺：《欧美生态文学》，北京：北京大学出版社，2003年，第105页。

林》和《科德角》等,都是他的思想感情和生命经历中真实体验的记录。布伊尔(Buell)将梭罗一生的创作和生活概括为五个方面:①追求简朴,不仅是生活上、经济上的,而且是整个物质生活的简单化;②过原始人特别是古希腊人那样的质朴生活;③全身心投入地体验田园风光;④认识自然史;⑤认识自然美学,发掘大自然之奇妙、神秘的美。布伊尔认为,梭罗"用其作品为人们展现了一个人类之外的存在,那是最主要的存在,是超越了任何人类成员的存在"。可以说,梭罗最有价值的贡献,是揭示了这一存在的独立价值及其对包括人在内的所有生命的重大意义[①]。

从19世纪下半叶到20世纪中期,生态文学持续发展并渐趋繁荣。在美国生态文学史上,出现了缪尔和利奥波德等重要的生态文学家。缪尔是19世纪末到20世纪初美国最著名的生态文学家,他走遍了美国中西部的山山水水,记录下那里山川的秀美。缪尔的生态文学作品《我们的国家公园》、《我在塞拉的第一个夏天》和《约塞米蒂》等"感染了整整一代人"。他倡导建立国家公园,发动群众性的自然保护运动。1892年,缪尔创建了著名的环保组织"塞拉俱乐部",以进一步推动群众性的自然保护运动。

利奥波德是一位林业生态学家,也是20世纪上半叶最伟大的生态文学家和生态思想家,被誉为当代环境运动伦理之父。"他使人类的生态思想迈进一个新境界,并将持续了半个多世纪的自然保护运动推向行动阶段。"[②] 人们称他是"20世纪60年代至70年代新的资源保护运动高潮到来前的摩西"[③]。1949年,利奥波德的著作《沙乡年鉴》面世。

[①] 王诺:《欧美生态文学》,北京:北京大学出版社,2003年,第108页。
[②] 王诺:《欧美生态文学》,北京:北京大学出版社,2003年,第120页。
[③] 王诺:《欧美生态文学》,北京:北京大学出版社,2003年,第120页。

作者在书中从生态视角展现了荒野之美，并提出了大地伦理和生态整体主义。在书中，利奥波德通过反思人类中心主义的狭隘视野，批判了自然保护运动中的功利思想，主张不同于美国传统征服精神的大地伦理意识。《沙乡年鉴》意识超前，思想深刻，"是环境运动中最经典的著作"[①]。

1962年，被称为美国生态运动导火索的著作《寂静的春天》出版，引发了美国当代轰轰烈烈的群众性环境保护运动。该书作者卡森通过揭示杀虫剂（DDT）所造成的污染，试图唤醒公众的环保意识。卡森把矛头指向美国传统的征服自然精神，指出正是这所谓的征服精神，滋生出美国人日益膨胀的自我意识：唯我独尊，唯人独尊。随着科学技术的发展，知识界和工业界建立了某种共谋关系，在科学论断的庇护下，在最大利益的驱使下，人类赖以生存的自然被无情地践踏。《寂静的春天》把刻不容缓的环境危机摆在世人面前，激发了美国民众的生态危机意识，引发了一波又一波的环境保护运动。

艾比以描写美国西南部沙漠的宁静与壮美而闻名。1968年，艾比的代表作《大漠孤行》出版，这部作品是艾比在美国西南部担任火警瞭望员时的工作与生活的真实记录，也是作者关于自然与人类关系之思考的展现。《大漠孤行》以其有关自然与人类和谐共处的新论以及独特而壮美的文学魅力，在美国现代文化界和美国国民中引起了重大反响，被誉为自然文学中的经典之作。

此外，洛佩兹、贝里、迪拉德以及斯奈德等自然作家，均致力于创作非虚构文本，以展现纯粹意义上的自然。他们将自然景观政治化，对生态、社会诸方面作用于环境的力量均加以阐释，从而改变了人们关于

---

① 贾斯丁：《环境伦理学》，林官明、杨爱民译，北京：北京大学出版社，2002年，第208页。

自然旧存的概念。其中，洛佩兹的《北极梦：北方美景中的想象和欲望》获得了1986年美国全国图书奖非虚构小说奖。该书讲述了北极的历史，记录了作者在北极4年中的勘探经历，赞美了那些在恶劣环境中顽强生存的动物和植物，呼吁人们对这些地方的掠夺和破坏进行反抗。贝里则在其作品中提出"自然孕育完美"的假设，强调关注蕴含于自然的历史性语境中的当下。1975年普利策文学奖得主迪拉德在她的著作《汀克溪上的朝圣者》中表明，只有完全生活在现在，我们才能真正欣赏自然。迪拉德笔下的自然既富于神性，又充满神秘气息。斯奈德是美国现代文坛久负盛名的自然作家之一，其诗集《龟岛》获得1975年普利策文学奖诗歌奖。斯奈德1990年出版的文集《野性的习俗》中，涉及许多原型主题，如时间、自然、在场、荒野、野性、平民以及圣人等。这部作品充分表现了作者对荒蛮之地及生活在那里的生物深深的同情之心。

生态文学的创作宗旨即关爱自然，作家们关注现实的状况与日趋恶化的生态环境，非虚构文本是如此，虚构文本亦不例外。在当代虚构小说家中，凯瑟（Cather）、斯坦格纳（Stegner）、希尔科（Silko）、莫玛代（Momaday）、格温（Guin）、沃克（Walker）、霍根（Hogan）、厄德里奇（Erdrich）、威廉姆斯（此处指特里·坦皮斯特·威廉姆斯）等人也在作品中从不同角度表现了对自然的关怀以及对当前生态危机的关注。由此看来，不论是虚构文本还是非虚构文本，都体现了这些作家的生态立场赋予其文学创作（即生态文学）以无限生机，并且为生态批评的发展提供了契机。

通过上述分析，我们可以清楚地看到，生态文学不仅涵盖了虚构文学和非虚构文学，而且其范围更为广泛，既包括了非虚构的自然文学，也包括了生态预警小说、生态诗歌等体裁。

第三节　美国自然文学的现实价值

一、自然主体性的回归

中国学者王宁指出:"文学是人类对现实生活的审美化的反应……人与自然的关系历来就是中外文学作品中取之不尽、用之不竭的一个古老主题。"①在文学作品中,自然被表现为矛盾的两种形象:一种是"富饶、博大、神秘、包容的母体形象",这时,人与自然的关系"是一种和谐的关系";另一种则是"恐怖的、强大的、原始的、野蛮的,需要人与之抗衡的力量的代表",即"当人们改造自然、重整环境的欲望无限制地膨胀时,人与自然的关系是紧张的对立关系"②。文学作品中的自然形象以及人与自然的关系通常受到人们的自然观念的影响和决定,同时,文本中的自然形象也会影响人们对自然的认识和行为方式。

确实,自文艺复兴以来,"自然从一个有灵的存在变成了象征的存在,从一个滔滔不绝的言说主体变成了沉默无语的客体……理性将自然打入沉默和工具理性的深渊"③。中世纪的阐释学与信奉理性、智力和进步的文艺复兴人文主义合谋制造了"一个广大、沉默的王国,一个被称为自然的、无言的世界,它被淹没在关于人的独特性、理性和超自

---

① 王宁:《文学的环境伦理学:生态批评的意义》,载《外国文学研究》2005年第1期,第18页。
② 王宁:《文学的环境伦理学:生态批评的意义》,载《外国文学研究》2005年第1期,第18页。
③ Cheryll Glotfelty & Harold Fromm, *The Eco-criticism Reader*, eds., Athens: University of Georgia Press, 1996, p.17.

然性的永恒真理的声明中"①。

生态批评学者马内斯（Manes）在《自然与沉默》一文中指出，在我们的文化（通常是指有文字的社会文化）中，自然之所以沉默，是因为言说主体的地位被严格限定为人的特权。文艺复兴和启蒙时代以来的人文主义，由于其文化中的执拗、惯性，只因为"自然中没有相似的主题"就遮蔽了自然及其演化的过程。马内斯认为，文艺复兴开始后，不论是人、动植物这种有机体，还是石头、河流这种看似"无生机"的实体，都成了"言说主体泛灵论之有机信用体系"崩溃的受害者，该体系崩溃的原因之一，是文字与基督教阐释学使得自然丧失了主体性。马内斯认为，泛灵论自然观遭到了中世纪基督教阐释经文之特有方式的侵蚀。基督教神学将一切事物纳入上帝恩宠的范围，因其恩宠、为其目的而存在。注释《圣经》的阐释学确立了上帝作为超越性的言说主体：上帝通过自然实体而言说，自然则没有了独立的身份和声音，只是成了一种媒介、一种手段；书本上的文字有象征意义，但没有独立的声音。人文主义作为文艺复兴的新思潮，坚持认为人与生物圈的其他存在之间有着本体论上的差异，认为人有理性话语，然而动物没有，于是"人成了现象世界唯一的主体"②。在人文主义的背景下，自然的主体性同样被剥夺了。

人是"宇宙之精华，万物之灵长"，正是这唯一主体的谬见使得人类狂妄自大，唯我独尊，企图凌驾于自然之上，从而导致对自然生态不可逆转的、空前的损害。面对这样的现实，文学领域出现了挑战人类中

---

① Cheryll Glotfelty & Harold Fromm, *The Eco-criticism Reader*, eds., Athens: University of Georgia Press, 1996, p. 17.

② 胡志红：《西方生态批评研究》，北京：中国社会科学出版社，2006年，第64页。

心主义的文学生态中心主义。洛夫（Love）在《重估自然：走向一种生态批评》中指出，当今文学最重要的功能是将人类的意识引向对其在"濒危的自然世界中所处位置"的全面考虑。现在，自然写作、地方文学写作、区域写作、自然诗歌写作等之所以欣欣向荣，是因为"人们普遍认为，目前将人从其环境里分离出来的意识形态显然是危险的、简单化的，因为自然世界无疑是真实的、美丽的、重要的"[①]。生态文学中自觉的生态意识可以唤起人类的生态良知，使更多的人看到人类的不良行为对自然的伤害，从而为人与自然的和解做出努力。生态文学中激进的"放弃的美学"（the aesthetics of relinquishment）则直截了当地挑战人类中心主义对待自然的工具主义态度，拒斥对自然征服和占有的欲望，要求人类放弃对物质的占有，放弃对自然的征服与统治，甚至放弃人的主体性，同时赋予自然以主体性，这在文学实践中体现为创作中的主体间性（intersubjectivity）特征。

作家通过文学作品向人们呈现其对世界的认识、真理的感悟，以及对生命的体验。传统的文学写作大多是"一种主体性写作，作者的叙述和立场一般以主体自居，站在自身的角度关照、认识、描述和评价世界"[②]。自然文学作家则往往对自然世界的博大、神秘与美丽充满激情，同时，他们受到环境污染、物种灭绝、自然世界遭到破坏等现实问题的触动和激发，从个人的体验以及因此而产生的情感中获得创造灵感和源泉，因而多数自然文学作家的创作都是他们自己生命经历和体验的真实记录和情感写照。例如，梭罗的《瓦尔登湖》等作品是梭罗融入自然与自然交往的记录，梭罗将自己融入瓦尔登湖周围的世界中，聆听

---

① Cheryll Glotfelty & Harold Fromm, *The Eco-criticism Reader*, eds., Athens: University of Georgia Press, 1996, p.237.

② 薛敬梅：《生态文学与文化》，昆明：云南大学出版社，2008年，第59页。

"猫头鹰和狐狸为我唱小夜曲"和"近处某只陌生的鸟儿嘎嘎的叫声",与"生活在 40 英尺的水下的神秘的夜间出没的鱼类"交流;卡森的《海风下》和《海的边缘》等有关海洋生态的作品,是作者对海洋的记忆和她从事海洋生物研究工作的经历结晶;艾比则将自己在美国西南部沙漠中生活和工作的经历与思考记录下来,写成了影响深远的《大漠孤行》;等等。创作出这样的作品的自然文学作家还有很多,他们的写作动力来自自然的神奇美丽赋予他们的感动与敬畏之情,以及保护这份因不断受到人类的侵扰与破坏而即将消失的自然之美的自觉意识。在自然文学作家的作品里,人与自然融为一体,自然成为人类交往的主体,人类超越了自我的独白,转而进入自然生命之网中。由此,他们便消解了单一的人类主体视角下对自然的写作,而成为一种以主体间性为特征的写作方式。

"主体间性是 20 世纪西方哲学中凸现的一个范畴,依其上下文关系可译为或理解为主体之间性、主观际性、主体(观)通性、共(多)主体性、主体间本位等。其主要内容是研究或规范一个主体是怎样与完整的作为主体运作的另一个主体互相作用的。"[1]王诺在其专著《欧美生态批评研究》中指出,"生态的主体间性思想就是生态的联系的集中体现"[2]。王诺认为,主体间性或交互主体性思想至少应当追溯至胡塞尔(Husserl)的现象学。胡塞尔说:"我所经验的道德的世界连同他人在内,按照经验的意义,可以说并不是我个人综合的产物,而是一个外在于我的世界,一个交互主体性的世界,是为每个人的存在而存在着的世界,是每个人都能理解其客观对象的世界。"此后,王诺引用艾布拉姆(Abram)的观点,将主体间性思想的又一位重要代表梅洛-庞蒂

---

[1] 薛敬梅:《生态文学与文化》,昆明:云南大学出版社,2008 年,第 59 页。
[2] 王诺:《欧美生态批评》,上海:学林出版社,2008 年,第 127 页。

(Merleau-Ponty)的感知哲学看作"走向生态"的哲学。"梅洛-庞蒂将感受到的事物写成实体,将感觉能力写成力量,而将感觉本身写成一个万物有灵的领域,为的是强调它们对感知经验积极有力的贡献……先于我们所有的语言反应,在我们本能的层面上,感官地参与我们周围的世界,我们都是万物有灵论者。"①

在自然文学创作实践的成果——主体间性文本中,"以语言的存在方式进入交流而建构起来的主体间性代表着共主体性与互主体性,它展示的是一种主体与主体之间的结构和交流,其实就是互为主体的主体之间所进行的相互作用、相互对话、相互沟通和相互理解。这不是作者主体、形象主体或读者主体对某一方的构造与征服,而是不同主体与对象主体间的自由交往。实际上,这里没有主体和客体,只有在场与不在场"②。恰如卡森在创作《海风下》时兴奋地宣称:"我成功地变成了矶鹞、螃蟹、鲐鱼、美洲鳗和另外好几种海洋动物!"在创作过程中,"卡森从自己的主体性和主体权利体验到了动物的主体性和主体权利,并进而体察到动物主体与她的自我主体之间不可分割的联系"③。可见,贯彻了主体间性思想的自然写作超越了人的主体性,解构了人类中心主义,张扬了自然万物价值的平等,从而使自然的主体性获得回归。

二、人类伦理与审美文化的反思与重构

文学家为何要讲生态?因为文学的现实性与伦理分不开,文学是从审美角度讲人与自然的关系的。"文学应该是面对现实的审美思考,要有对现实清醒、独到的眼光,追问呈现于现实之中或隐藏于现实之后的

---

① 王诺:《欧美生态批评》,上海:学林出版社,2008年,第127—128页。
② 薛敬梅:《生态文学与文化》,昆明:云南大学出版社,2008年,第59页。
③ 王诺:《欧美生态批评》,上海:学林出版社,2008年,第133页。

问题,成为文化揭示和批判的力量,从而影响现存的思想观念和价值体系的解构和重塑。"①作家用文学审美的方式把现实的危机、困境表达出来,给读者带来对生存现实的思考乃至观念、价值和行为方式的改变。正如王尔德(Wilde)所说:"艺术家和思想家按照生活本来的样子创造了形象,同时这种形象又为人们提供了行为模仿的范例。"②

现实的生态危机有其深刻的思想文化根源,这是人类中心主义思想主导下的人类文化的危机。我们要从根源上消除生态危机,就要重新审视我们的生活方式、思想观念和伦理道德等方方面面的问题。面对严重的生态危机和文化危机,海德格尔(Heidegger)主张诗意的拯救策略。他认为,"拯救破碎的自然与重建衰败的人文是一致的,应当把拯救地球和拯救人类的最后一线希望寄托在'诗'(文学艺术)上……只有一个上帝可以救度我们,那就是诗。'诗'让'天、地、神、人'融为纯净的一体,'一切艺术在本质上都是诗'……诗意的救度意味着,参与自然、顺应自然、守护自然,让自然万物如其所是地存在。还意味着,灵魂与自然之间、自我与环境之间没有任何隔膜、障碍"。马尔库塞(Marcuse)也认为,只有靠文学艺术,只有文学(诗)才能使"异化""物化""僵化"的人性重新灵动起来③。

具有忧患意识的生态作家从对自然世界万物的情感以及对当前生态危机的担忧出发,以生态整体主义思想为指导,重新审视导致生态危机的人类现代文化,重述人与自然的关系,重构人类与自然和谐共存的伦理道德和文化模式。马内斯指出,在所有的人类社会中,道德关怀的范

---

① 薛敬梅:《生态文学与文化》,昆明:云南大学出版社,2008年,第64页。

② Cheryll Glotfelty & Harold Fromm, The Eco-criticism Reader, eds., Athens: University of Georgia Press, 1996, p.166.

③ 胡志红:《西方生态批评研究》,北京:中国社会科学出版社,2006年,第88—90页。

围似乎仅限于由相互交流的言说者组成的圈子①。自然因沉默而被排除在道德关怀之外，同样，自然也没有被赋予西方传统中的道德身份。

贾斯丁为我们描述了西方文化传统中剥夺自然道德身份的几种观点：其一，亚里士多德（Aristotle）和阿奎那（Aquinas）认为只有人才有道德身份，因为人有知识，可以思考和选择。其二，康德（Kant）的伦理学观点虽然不像亚里士多德和阿奎那的观点那么苛刻，但他仍将权利和道德身份限制于主体（subjects）和目的（ends）之中，以区别于客体（objects）和方法（means），从而强调只有人类才具有道德身份，因其观点是"只有能自主的生物，有自由和理性行为的生物才有道德身份"。其三，17世纪的笛卡尔（Descartes）认为，所有现实的东西可简化为两种基本类型：意识和物质（minds and bodies）。其中，意识是道德身份的判据，任何没有意识的事物只能是物理上的东西，不应考虑其好坏。

由此，贾斯丁总结道，大多持西方传统观念的哲学家认为，只有人类才有道德身份②。

自然文学作品中体现的是将道德身份归还给自然界中各个成员的生态整体主义的大地伦理，"自然文学作家是行走在大地上的诗人……（他们）在大地上写作，为自然而写作，最终为所有生命的存在而写作，为人与自然的共在而写作……"③在生态文学文本中，自然不仅成为言说的主体，而且成为大地伦理关照的对象，从而进入道德关怀的整

---

① Cheryll Glotfelty & Harold Fromm, *The Eco-criticism Reader*, eds., Athens: University of Georgia Press, 1996, p. 16.
② 贾斯丁：《环境伦理学》，林官明、杨爱民译，北京：北京大学出版社，2002年，第106—108页。
③ 薛敬梅：《生态文学与文化》，昆明：云南大学出版社，2008年，第68页。

体之中。"大地伦理"这一概念最早是由利奥波德在其专著《沙乡年鉴》一书中提出的。在此书的《大地伦理》一文中，利奥波德提出了大地共同体的概念，他认为，土地不光是土壤，它还包括气候、水、动物和植物，人"是这个共同体的平等一员和公民"；在这个共同体内，每个成员都有其继续存在的权利。大地伦理涵盖了所有动植物乃至整个自然的存在，从而把道德权利扩展到动物、植物、土地和一切自然界中的实体。缪尔被称为"美国自然保护运动的圣人"，其笔下的自然画面往往是自然界中各种存在之极为生动的组合："每天清晨，从沉睡中醒来了欢乐的花草和所有我们那些大大小小的动物伙伴，甚至还有岩石，大家似乎都在高喊：'醒来吧，醒来吧；欢乐吧，欢乐吧；来爱我们，来加入我们的合唱。来呀！来呀！'"①不难看出，缪尔寻求的是大自然中那种彼此相连又和谐的整体之美。

　　大地伦理的整体观将万物纳入道德关怀的范畴，因为共同体中的每个成员都有其独特的魅力和内在价值。梭罗描写荒野，主张保护荒野，不仅因为荒野的独特魅力赋予其自身以审美价值，还在于梭罗对荒野价值的深刻认识。梭罗在《散步》中指出，"只有野性才能保护这个世界"②；缪尔也声称，"在上帝的荒野里蕴藏着这个世界的希望"。然而，荒野更加具有的是其内在价值："荒野是个奇异的地方，在那里我们常规的价值很不适用。这使我们懂得，在人类文明中似乎一些很基本的规则实际上是相对的和主观的。"③

　　那么，荒野自身的价值何在？荒野中有没有什么具有正面价值的东

---

① 程虹：《寻归荒野》，北京：生活·读书·新知三联书店，2001年，第164页。
② 程虹：《寻归荒野》，北京：生活·读书·新知三联书店，2001年，第164页。
③ 罗尔斯顿Ⅲ：《哲学走向荒野》，刘耳、叶平译，长春：吉林人民出版社，2000年，第241页。

西呢？对此，罗尔斯顿（Rolston）的回答是肯定的："这里有光明与黑暗，生与死。这里有几乎是永恒的时间，有存在了20亿年的一种遗传语言。这里有能量与生物进化，创造出多产与勇力、适应与创制、信息与生存战略、对抗与顺应、炫耀与天资的显示。这里有肌肉与脂肪、神经与汗水、规律与形式、结构与过程、美丽与聪明、和谐与庄严、灾祸与荣耀。荒野是一个有投射和选择能力的系统，编织出了一个内容丰富的故事。荒野是我们在现象世界中所能经验到的生命最原初的基础，也是生命最原初的动力。"①

文学是人类生存方式的审美体现，同时是人类文化模式的重要建构者。生态文学消解了人类独有的中心位置，让共同体中的每个成员都拥有平等的地位和权利，这是自然生态整体主义的体现。当然，这一幕幕生态系统中众生喧哗、共谱一曲生命华彩乐章的图景在生态批评的先行者米克（Meeker）看来，又和文学中的喜剧拥有相似的模式。米克指出，自然界中的各种结构揭示了与喜剧中的模式极其相似的组织原则和过程：充满活力而又稳定的生态系统将破坏行为最小化，鼓励最大化的多样性，寻求在所有成员中建立平衡……而这也是喜剧文学的基本内容，喜剧概念的核心内涵正是生命体的平衡与快乐。

在西方，喜剧一词来自希腊神话传说中的半神考莫斯（Comus）。考莫斯是古希腊神话中的快乐之神，负责生命的繁殖，其掌管的范围包括植物、动物和人的繁殖力以及群落与家族的生活和平衡。考莫斯每日忙于维护利于生命之整体的存在，保持生物之间的生命平衡，并在这些生命失去平衡时予以修复。喜剧文学也是如此，它总是描述失去平衡并恢复平衡的故事，每当正常的生命过程受到不必要的阻碍时，喜剧总要

---

① 罗尔斯顿Ⅲ：《哲学走向荒野》，刘耳、叶平译，长春：吉林人民出版社，2000年，第242页。

出面并设法以文学和艺术的形式使之恢复正常。

喜剧成长于生命的生物环境，无涉道德的文化体系，无视真、善、美、英雄主义等种种抽象的价值观。喜剧关注的是生命的存活以及庆祝生命的继续，"喜剧就是一场庆典，一个生物福祉修复的仪式"[1]。喜剧中的人物对待个体生命的态度，隐含着豁达与开阔的生态观念。"他们不追求伟大与崇高，甚至有些卑微，仅将自己看作自然的一部分并从属于所有自然的限制。"[2] 喜剧中没有悲壮的场面，有的只是小人物的微小胜利，所有的胜利都是微小的，但是，他们却能在一个只可能存在微小胜利的世界中存活下来。喜剧中的人物选择爱而非战争，即使当战争不可避免时，他们也不会摧毁竞争者或敌人，而是期望通过控诉战争来挫败对方的锐气，他们追求的是和谐与共存。

与喜剧相反，在西方文化传统中特有的悲剧的文学形式和哲学态度那里，"悲剧的观念认为，人处于比其自身的力量更伟大的力量的冲突中。这种力量包括自然、上帝、道德法则、激情的爱、伟大的思想以及知识等，这些似乎都高居于人类之上并在某种程度上决定着人的福祉或痛苦。因此，悲剧文学与哲学就当然地承担了表现人类战胜或超越这种冲突的责任"[3]。

悲剧的先决条件是相信宇宙关照人类生命，继而假设人从根本上优于动物、植物和矿质自然，人注定要主宰所有的自然过程。事实上，世界从未关注过人类，自然也从未显示出其低于人类的征兆。悲剧并未模

---

[1] Cheryll Glotfelty & Harold Fromm, *The Eco-criticism Reader*, eds., Athens: University of Georgia Press, 1996. p. 159.

[2] Cheryll Glotfelty & Harold Fromm, *The Eco-criticism Reader*, eds., Athens: University of Georgia Press, 1996. p. 159.

[3] Cheryll Glotfelty & Harold Fromm, *The Eco-criticism Reader*, eds., Athens: University of Georgia Press, 1996. p. 157.

仿生命的状况,却模仿了人类在获得诸如尊严和荣誉等狂妄幻觉的努力中所处的境况。从悲剧的视角看,世界就是一个善与恶、人与自然、真理与谬误冲突的战场,每一方的目标就是消灭对立方,清除敌人。因此,悲剧中的人物与自然对立冲突,并极力以此证明自己的伟大与崇高,甚至不惜通过毁灭自己来证明人类对自然的主宰。

"人的悲剧观念以其狂妄自大的乐观主义导致了文化的和生物的灾难,现在是时候寻找一个能更好地鼓励我们自己以及其他物种生存的替代观念了。"① "更适合我们时代的是喜剧精神中相对谦和的假设(assumptions)。"② 于是,自然文学应运而生,承担了这样的重任。从某种意义上来说,自然文学就是一种喜剧文学,它为我们描绘了一幅生存的喜剧画面,倡导了一种喜剧式的生存模式。

三、唤醒人类的感官体验

卡森认为,"自然界里充满了奇迹,许多奇迹并非发生在人迹罕至的地方,而是就在我们的身边。人们之所以不能发现自然的奇妙,除了人过于自大、把自然仅仅当作工具和对象化的自我等思想观念的影响之外,还因为许多人的感官已经尘封、麻木,感觉能力已经退化"③。不断膨胀的人口、不断扩展的城市将自然驱逐出我们的视线,生活在钢筋水泥筑成的"森林"中,我们的身体和心灵都离自然越来越远,远得看不见也摸不着,日久天长,用进废退,人们的感官便不再敏感了。

---

① Cheryll Glotfelty & Harold Fromm, *The Eco-criticism Reader*, eds., Athens: University of Georgia Press, 1996. p.158.

② Cheryll Glotfelty & Harold Fromm, *The Eco-criticism Reader*, eds., Athens: University of Georgia Press, 1996. p.158.

③ 王诺:《生态与心态——当代欧美文学研究》,南京:南京大学出版社,2007年,第40页。

自然越来越远，越来越陌生，取而代之的不仅仅是有形的现代化成果，还有无形的技术产品。现在的我们处于一个信息膨胀的时代，各种信息、各种数据充斥着人们的日常生活，人们被包围在信息之中，"我们的精神被信息碾压得粉碎，并被其抽空为一种绝望，已完全不能为我们那人的躯体所容纳"①。为了能够迅速、快捷地提供信息，人们往往倾向于使用大量的数据、数字。然而，随着"排山倒海"般的数字日复一日地向人们涌来，日久天长，人们变得习以为常，甚至对数字所揭示的信息（不论是好的或坏的）也变得熟视无睹、麻木不仁了。

"曾几何时，我们用感官去认识世界，而现在我们越发将其认作为数据的天地……原先的世界在很多基本方面是由自然的严酷现实所决定的——天气、地形、各种运行过程所需的时间，以及长距离信息传递的间隙。新的现实则已意味深长地被从自然切分出来，在很大程度上不再受到天气的干扰，能够以全球作为参照，并且以即时通信作为预设前提。我们用虚拟替换了真实。"②这样的现实，将人压迫得呼吸不畅，让人无处可逃，变得"懒怠、漠然、虚弱，变得内向，贪图吃喝玩乐……"这种种的麻木、消极和"面对触目惊心且让人束手无策的环境统计数字时的那种无动于衷"演变成一种惯性，成为一种"自动和普遍的心理反应"。

我们该如何做才能重返现实，摆脱僵硬的数字的包围以及数字对人们的不良影响，重拾对活生生的生活的敏感？"数字是很重要的，但其并非一切。形象常常能够比数字给予我们更强烈、更深沉的震撼。数字在我们心中激发的情感总不如形象那么浓厚。我们很快就会对事实与算式变得麻木不仁。"③其实，现实生活中的我们渴求的是能够触动心灵、

---

① Scott Slovic, *Going Away to Think*, Reno: University of Nevada Press, 2008, p.146.
② Scott Slovic, *Going Away to Think*, Reno: University of Nevada Press, 2008, p.150.
③ Scott Slovic, *Going Away to Think*, Reno: University of Nevada Press, 2008, p.146.

激活我们感官知觉的形象与故事,以及饱含情感的话语。"数字只有包含在叙事中才有意义,才能添加到知识之中。"① 文学成为能够承担这种责任的重要一员。"文学是一面透镜,我们通过它能够加深对世界上最重大问题的理解。"②

鲁枢元先生有篇文章题为《文学,一种恢宏的弱效应》,单是这样的题目就足以让人有豁然开朗的感觉,更不要说文中俯拾即是、新颖独到的观点了。作者从儿时读到安徒生的《卖火柴的小女孩》和《聊斋志异》中的《王六郎》等故事对自己的影响谈起,他说:"50 年过去了,那反响依然像深山梵寺里清幽而又浑厚的钟声一般,始终缭绕在我的心头,成为我做事、做人的底蕴。"以《王六郎》的故事为例,它使中华民族"善良""仁义""真诚""友爱"的传统道德在作者心中扎下了根。尽管有时人们主张"恶"也是一种推动历史前进的力量,推崇"以恶抗恶"的斗争哲学,但鲁枢元先生说他"内心深处始终坚守着一块生命基石,那就是'友爱与善良'"。由此,鲁枢元先生体会到,真正的文学、纯净的文学反倒是"柔弱的、细微的、轻灵的",而恰恰是这如水的柔弱,产出了宏大的效应:文学中可能存在的"恍惚""窈冥""唯夷""唯希""唯微"这些东西,"深入我们的人性深渊、文化深渊,激活我们的情绪记忆、原始记忆,从而引领我们进入人类集体无意识的库藏,把不同时代、不同种族、不同年龄的人的心灵沟通起来"③。

批评家汉斯(Hans)在《文学的(诸种)价值》中阐述道,"文学并非存在于其自身单独的空间里,因而将我们对文学的讨论限定于其

---

① Scott Slovic, *Going Away to Think*, Reno: University of Nevada Press, 2008, p. 144.
② Scott Slovic, *Going Away to Think*, Reno: University of Nevada Press, 2008, p. 8.
③ 鲁枢元:《生态批评的空间》,上海:华东师范大学出版社,2006 年,第 172 页。

'文学性'（literariness）之内，无异于断离了它与其他体系的至关紧要的联络，而正是这些体系的结合才能阐明我们对价值的理解"①。

针对拉夫（Ralph）的发问，即"当今文学最重要的功能所在，是否应该体现为将人类意识重新指向对自己生活在一个受到威胁的自然世界中这样的处境具有充分认识？"斯洛维克将其转化成另一种发问，即"当今文学最重要的功用所在，是否应体现为将人类意识重新指向对自己在一个受到威胁的自然界中之处境的充分认识？"生态文学便具有这样的功用。斯洛维克认为，所谓的生态文学，即在不同时期被称作"自然写作"或"环境写作"的文学，"具有潜在的巨大力量，可以帮助读者重新想象他们与这个星球的关系，并克服那种因异化而产生的极度恐慌和消极情绪，并且通过连锁效应，该文学还能触及其真正的读者以外的人群"②。生态文学在当代文学表达之中的方兴未艾，是因为一些作家"懂得自己的书写是在做这样的尝试，即不但要写出美丽而抒情的语言，还要能够达成一种关于人类社会与这个星球的现状之间的关系的理解"③。

综上，自然文学力图用生动的语言形象、深刻的生态思想重新唤起人们对这个世界的感觉，对大地的气息和生机的感受，从而使我们的生命回归大地，听到来自内心的呼唤，与其他生命惺惺相惜。"生态文学作品中关于自然和生命的书写，展现了那些在大地上自然舒展的生命姿态，让人类回望曾经有过的生命景观；同时让那些整天追逐欲望的人们看见被人类逐渐抛弃的传统生活方式的魅力，从而在简单中感受到生命的温暖。"④

---

① Scott Slovic, *Going Away to Think*, Reno: University of Nevada Press, 2008, p.8.
② Scott Slovic, *Going Away to Think*, Reno: University of Nevada Press, 2008, p.154.
③ Scott Slovic, *Going Away to Think*, Reno: University of Nevada Press, 2008, p.154.
④ 薛敬梅：《生态文学与文化》，昆明：云南大学出版社，2008年，第65页。

第二章 生态批评研究

在《阅读思维》(*Reading Minds*)一书中,特纳[此处指马克·特纳(Mark Turner)]指出:"当代批评理论没有与整个人类世界关联,甚至到了这样的程度——它所研讨的文学中的事物只有借助理论才可见,在这种情况下,理论消失,事物也随之消失。"①这表明当下的文学批评已深陷文本之中,却在很大程度上脱离现状,忽视现实问题。洛夫指出,即便我们面临世界人口翻倍、冷战、核毁灭威胁、水污染、空气污染、有毒废物排放、森林破坏、物种灭绝、全球变暖以及城市扩张等诸多世界性问题,但是自然与文化之间的重要关联却依然不受主流学术话语的关注。文学批评学者们忙于研究其他当代问题,却"忽视了我们时代最根本、最重要的事件,其内涵一直潜藏于所有文学之中"②。当然,尽管如此,20世纪七八十年代,批评界还是出现了一批支持文

---

① Glen A. Love, *Practical Eco-criticism: Literature, Biology, and the Environment*, Charlottesville: University of Virginia Press, 2003, p. 16.

② Glen A. Love, *Practical Eco-criticism: Literature, Biology, and the Environment*, Charlottesville: University of Virginia Press, 2003, p. 3.

学涵盖人类语境与非人类语境、自然与文化等观念的学者，文学批评的视域也向"自然环境和更广阔的生活空间敞开"。正如布伊尔所说，"20世纪80年代以来，环境性（environmentality）作为一个问题在文学与文化研究中受到了越来越多也越来越细致的关注"[①]。这催生了文学的生态视角研究——生态批评。

第一节　生态批评在西方的兴起及其主要代表人物

在《生态批评读本》导言中，格罗特费尔蒂（Glotfelty）给生态批评下了这样的定义：生态批评研究文学与物质环境之间的关系。女性主义批评者从性别意识的视角考察语言和文学，马克思主义批评者则把对生产方式和阶级的自觉带进文本阅读，其生态批评运用一种以地球为中心的方法来研究文学[②]。格罗特费尔蒂通过论及主流文学批评，简单明了地给出了生态批评的定义，并指出生态批评这种研究方法的本质：以地球为中心研究文学。格罗特费尔蒂对这一定义又做了进一步解释："所有生态批评仍然有一个基本前提，即人类文化与物质世界的相互关联，文化影响物质世界，同时也受物质世界的影响。生态批评以自然与文化，尤其是自然与语言文学作品之间的相互关系为研究主题。作为一种批评立场，它一只脚立足文学，另一只脚立足大地；作为一种理论话语，它协调着人类与非人类之间的关系。"[③] 格罗特费尔蒂认为，人类

[①] 布伊尔：《环境批评的未来》，刘蓓译，北京：北京大学出版社，2010年，第3页。

[②] Cheryll Glotfelty & Harold Fromm, *The Eco-criticism Reader*, eds., Athens: University of Georgia Press, 1996, p. xviii.

[③] Cheryll Glotfelty & Harold Fromm, *The Eco-criticism Reader*, eds., Athens: University of Georgia Press, 1996, p. xix.

文化与物质世界的相互关联是生态批评的基本前提，这就表明了生态批评的文化批判性质，即其挖掘生态危机之思想文化根源的特点。

布伊尔在给生态批评下定义时，则强调它的实践性、问题导向和责任感。正如他在《环境批评的未来：环境危机和文学的想象》一书中指出的，"文学研究中的环境转向一直是更多受问题而非范式驱动的"。与形式主义、新批评、现象学、解构主义和新历史主义等不同，生态批评"不是以一种主导方法的名义进行的革命"，生态批评"更像是女性主义治疗的研究，它可以利用任何一种批评的视角，其核心是一种对环境性的责任感（commitment to environmentality）"①。

此外，美国艾达荷大学英文系教授、生态批评领军人物之一的斯洛维克对"生态批评"进行了概括性定义："这个术语既指以任何学术路径所进行的对自然写作的研究，也反过来指在任何文学文本中对其生态学含义和人与自然的关系所进行的考察，这些文本甚至可以是对非人类的自然界毫无提及的作品。这一在美国欣欣向荣的'文学与环境'研究，不仅是对美国自然文学领域杰出的艺术成就的反应，而且显示出当代社会日益提高的、对非人类的自然界的重要性及脆弱性的认识。"②斯洛维克认为，与新批评或解构主义等某些形式的文学研究专注于文本性（textuality）即语言的精致结构不同，生态批评"更加着眼于语境（contextual）。生态批评更关注语言如何帮助我们理解人类经验的更广阔的语境——心理语境、社会语境以及地球或环境语境"③。他认为，生态批评延展了其他语境性研究模式以人类为关注中心的方法，前者关

---

① 布伊尔：《环境批评的未来》，刘蓓译，北京：北京大学出版社，2010年，第12—13页。
② Scott Slovic, *Going Away to Think*, Reno: University of Nevada Press, 2008, p. 27.
③ 斯洛维克：《走出去思考》，韦清琦译，北京：北京大学出版社，2011年，第242页。

注的是广袤的自然世界。

国内也有学者提出了关于生态批评的定义，且大多与西方学者的定义出入不大。王诺在分析了西方对"生态批评"这一术语的界定后，提出了自己的定义：所谓生态批评，是指在生态主义特别是生态整体主义思想指导下探讨文学与自然之关系的文学批评。它要揭示的是文学作品所反映出来的生态危机之思想文化根源，同时也要探索文学的生态审美及其艺术表现①。这一定义指明了生态批评的指导思想，同时又强调不能忽视生态文学的审美原则和艺术表现。

对此，程虹给出的定义是："生态批评"是当代一种研究文学与自然环境之间关系的文学批评，它承袭了自然文学的传统，但又有别于自然文学。生态批评旨在对自然文学、环境文学等探索人与自然关系的文学作品进行评述与研究，同时又倡导从生态的角度来阅读古往今来的文学作品，从而使人类建立起强烈的生态观念及忧患意识②。这一定义表明了生态批评与自然文学的关系，生态批评既有自然文学的传统——探讨人与自然的关系，又强调了其研究属性。

胡志红则在《西方生态批评研究》和《西方生态批评史》两部专著中从生态批评产生的动因、学术背景、思想基础和主要特征等方面对生态批评进行了宽泛的定义，指出生态批评是当代日益严重的生态危机和致力于解决生态危机之生态运动发展的结果，是对回避现实生态危机的文学批评力量的反拨。胡志红认为，生态批评兼有文学批评和文化批评的性质，从而主张从跨学科的视角来探讨文学、文化与自然之间的相

---

① 王诺：《生态批评与生态思想》，北京：人民出版社，2013年，第8页。
② 赵一凡、张中载、李德恩：《西方文论关键词》，北京：外语教学与研究出版社，2006年，第487页。

互关系①，并将生态批评的显著特征归纳为跨学科、跨文化，甚至跨文明。胡志红还认为，理论借鉴、理论交叉与理论整合是生态批评开放性与包容性特征的重要体现。生态批评应尊重差异性，崇尚多样性，拒斥统治逻辑和文化的均质化，主张生态多样化与文化多元化的互动共存②。这一定义涵盖了生态批评的各个方面，凸显了其文化批评的特性，正如胡志红在定义中明确指出的那样，"生态批评主张以生态中心主义主导下的文学研究范式取代人类中心主义主导下的文学研究范式，将文学研究拓展到整个生物圈，从而推动人类文化的普遍绿化"③。

生态批评概念的界定经过学者们的不断探索而得以完善。如果对此加以简单回顾，则我们不难发现生态批评兴起的标志性著作和活动。学界普遍认为，"生态批评"这一概念是由美国学者鲁卡特（Rueckert）于1978年首次提出的。他的《文学与生态学：一次生态批评实验》（*Literature and Ecology: An Experiment in Eco-criticism*）一文在《艾奥瓦评论》1978冬季号上刊出，通过"生态批评"概念明确地将"文学与生态学结合起来"。鲁卡特强调，批评家必须具有生态学视野，文艺理论家应当"建构出一个生态诗学体系"。

布伊尔在其《环境批评的未来：环境危机和文学的想象》一书中则指出，"这个词（指生态批评）在此之前很长时间就有迹可循"，"有的美国学专家也可能会提出，生态批评的词源或许出现得更早，至少在爱默生的《论自然》（美国文学史上专门研究自然与诗学结合之理论的

---

① 胡志红：《西方生态批评史》，北京：人民出版社，2015年，第33页。
② 胡志红：《西方生态批评研究》，北京：中国社会科学出版社，2006年，第22页。
③ 胡志红：《西方生态批评史》，北京：人民出版社，2015年，第33页。

开创性经典)这一著作中就已出现"①。布伊尔同时指出,就目前的研究目标来说,从对此后英美生态批评产生重要影响的两部当代文学和文化研究著作谈起就已足够。这两部著作分别指的是美国研究领域的马克斯(Marx)著于1964年的《花园中的机器:美国的技术与田园理想》(The Machine in the Garden: Technology and the Pastoral Ideal in America),以及英国研究领域的威廉姆斯[此处指雷蒙德·威廉姆斯(Raymond Williams)]著于1973年的《乡村与城市》(The Country and The City)。马克斯和威廉姆斯都力图通过研究文化史和文学作品来发现"人类历来以什么样的复杂态度来对待自然"。正如这两部著作的书名所表明的那样,马克斯关注的是与工业技术相对应的自然,威廉姆斯关注的则是与城市化相对应的自然。

但马克斯和威廉姆斯的研究工作并没有直接催生文学研究中的环境转向。如果我们对此加以简单回顾,便可以发现生态批评出现的一些重要标志。例如,生态批评出现初期有两部重要著作,一部是具有进化生态学背景的比较文学学者米克于1972年出版的《生存的喜剧:文学生态学研究》(The Comedy of Survival: Studies in Literary Ecology),这部著作"如今被视为严格意义上的美国生态批评的发端之作"②。米克对喜剧进行了全面研究后指出,喜剧的模式高度评价人类与非人类共有的特征——物质需求、适应环境、团队合作、宽恕和游戏;与之相对,米克指出了人类中心主义对自然秩序的傲慢无礼的悲剧特性。

另一部是克洛德尼(Kolodny)于1975年出版的生态女性主义研究作品《土地形态:美国生活和文学中作为经验的隐喻》(The Lay of the

---

① 胡志红:《西方生态批评史》,北京:人民出版社,2015年,第15页。
② 布伊尔:《环境批评的未来》,刘蓓译,北京:北京大学出版社,2010年,第19页。

Land: *Metaphor as Exprerence in American Life and Letters*）①。这部著作对从 1584 年到 1860 年的美国文学与文化进行了独特的心理语言学角度的研究，并主要聚焦于以土地作为女性的隐喻。这部著作首次对"将美国大陆视为女性本质"的各种回应进行了系统性梳理，同时也是首次对当前生态危机的隐喻含义的系统性探究。

20 世纪 80 年代中期，学者们开始开展合作项目，于是"环境文学研究"得以出现；20 世纪 90 年代初期，这一研究开始有了比较明显的发展。1992 年，在西部文学学会的年会上"文学与环境研究会"（ASLE）成立，斯洛维克任会长。同年，斯洛维克出版专著《寻找美国自然书写的生态意识》。1994 年，克洛伯尔（Kroeber）出版专著《生态批评：浪漫的想象与生态意识》，提倡"生态学的文学批评"（ecological literary criticism）或"生态学取向的批评"（ecological oriented criticism）。1995 年，在科罗拉多大学召开了"文学与环境研究会"首次会议，提交会议的部分论文结集后以《阅读大地：文学与环境研究的新走向》为书名，于 1998 年正式出版。同年，哈佛大学布伊尔教授出版专著《环境的想象：梭罗、自然书写和美国文化的构成》。

其后，有关生态批评的著作在文论界如雨后春笋般出现，其主要代表人物有格罗特费尔蒂、布伊尔、史密斯（Smith）、斯洛维克、墨菲（Murphy）等人。1996 年，美国第一部生态批评论文集《生态批评读本》（*The Eco-criticism Reader*）由格罗特费尔蒂和弗罗姆（Fromm）主编出版。1999 年夏季，美国的《新文学史》推出生态批评专号，共发表十篇专论生态批评的文章。2000 年出版的生态批评著作主要有墨菲

---

① Glen A. Love, *Practical Eco-criticism*: *Literature*, *Biology*, *and the Environment*, Charlottesville: University of Virginia Press, 2003, p.4.

教授主编的论文集《自然取向的文学研究之广阔领域》、贝特（Bate）所著的《大地之歌》等。

进入新千年后，生态批评的发展更为迅速，批评空间更为广阔，研究的内容也更加深入。2001年，布伊尔出版了新著《为危险的世界写作：美国及其他国家的文学、文化与环境》。2003年末，俄勒冈大学教授洛夫出版了《实用生态批评》。2003年，布兰奇（Blanch）和斯洛维克主编出版了《ISLE 读本：生态批评（1993—2003）》，此书是《文学与环境跨学科研究》十年论文的精选本。2004年，英国生态批评家加勒德（Garrard）出版了《生态批评》一书。2005年该领域最重要的成果，是布伊尔的第三部生态批评专著《环境批评的未来：环境危机与文学想象》，这部专著总结了生态批评的兴起、发展、成就和缺陷，并就生态批评的未来和发展提出了一系列有建设性的看法。

此后，生态批评著述研究的内容更加广泛而深入，生态批评学者们的研究也硕果累累。其中，影响较大的有2008年斯洛维克出版的《走出去思考：入世、出世及生态批评的职责》（Going Away to Think：Engagement，Retreat，and Eco-critical Responsibility）一书。2009年，美国生态批评学者约翰逊（Johnson）出版的重要的生态批评著作《热恋自然：19世纪美国的疏离美学》（Passions for Nature：Nineteenth-Century America's Aesthetics of Alienation），作者在书中探讨了美国疏离自然的文化转向原因。2010年，墨菲出版专著《文学与文化研究中的生态批评探索》（Eco-critical Exploration in Literary and Cultural Studies），在此书中，作者试图通过理论与应用批评的视角探索环境文学与环境文化问题。2013年，墨菲又出版了一部生态批评研究著作《生态批评的横向实践：理论争鸣、文学阐释和文化批判》（Transversal Eco-critical Praxis：Theoretical Arguments，Literary analysis，and Cultural Critique）。生态批评兴起以后，生态批评领军人物如布伊尔、斯洛维克、墨菲等持续不断地有生态批评著作出版，他们持续探索生态批评的理论特点，拓展生态批评研究的视野和领地，成为这一研究领域的主要代表人物。

哈佛大学美国文学教授布伊尔是美国生态批评研究领域最具代表性学者之一，他的生态批评三部曲在生态批评界有着广泛的影响，奠定了布伊尔在生态批评界的重要地位。该生态批评三部曲，即《环境的想象：梭罗、自然书写和美国文化的构成》（1995年）、《为濒危的世界写作：美国及其他国家的文学、文化与环境》（2001年）和《环境批评的未来：环境危机和文学的想象》（2005年），集中阐述了布伊尔的生态批评理论和他的生态文化理念，勾勒出布伊尔的生态批评理论脉络。其中，《为濒危的世界写作：美国及其他国家的文学、文化与环境》获得2001年的卡瓦尔第奖（Cawelti Award），被评为美国文化研究领域最佳著作奖。

该生态批评三部曲中的第一部《环境的想象：梭罗、自然书写和美国文化的构成》出版于生态批评兴起的初期，是生态批评第一波作品中具有里程碑意义的著作，该著"立足生态中心主义的立场，通过生态批评的视野研讨文学与环境之间的关系，以建构基于生态中心主义的诗学，甚至建构生态型人类文化，具有浓厚的生态乌托邦色彩"[1]。伴随环境危机而来的想象危机，以及重新理解自然与人类关系的需要成为布伊尔写作《环境的想象：梭罗、自然书写和美国文化的构成》一书的契机，这部著作也成为目前美国关于文学如何展现自然环境之最重要的研究成果，成为阅读美国自然文学的奠基之作。在这部著作中，布伊尔尤其关注美国书写中的绿色传统，特别是从殖民地时期至今的环境

---

[1] 胡志红：《西方生态批评史》，北京：人民出版社，2015年，第218页。

非虚构文本。在书中，布伊尔通过分析缪尔、利奥波德、卡森、奥斯汀和艾比等作家的作品，探讨了"放弃的美学"（dream of relinquishment）、"自然拟人化"（the personification of the nonhuman）、"致力于地方"（a devotion to place），以及"环境灾难预警"（a prophetic awareness of possible ecocatastrophe）等经久不衰的环境主题。

在布伊尔的生态批评三部曲之二《为濒危的世界写作：美国及其他国家的文学、文化与环境》一书中，他试图重塑文学领地和环境研究，强调物质环境对个人和集体认知的影响，从而清楚、具体地为生态批评搭建起了理论框架。在书中，布伊尔对"环境"加以进一步思考，提出了"物质环境"的概念，并指出物质环境（不论是人工的还是自然的），其在被发现的同时也在被建构，对待环境的想象既是发现的过程，也是创造的过程。在本书中，布伊尔将生态批评的范围扩展到城市、郊区等人工环境。《为濒危的世界写作：美国及其他国家的文学、文化与环境》是生态批评第二波作品中的代表性著作，是布伊尔对第一波生态批评理论进行反思后的成果，是对第一波生态批评的超越。第一波生态批评持有的是"城市/乡村、文化/自然以及人类中心主义/生态中心主义"等二元对立的思维范式，《为濒危的世界写作：美国及其他国家的文学、文化与环境》则用生态整体主义取代了简单的对人类中心主义的批判和对生态中心主义的倡导，并强调寻求"生态中心主义维度与环境公正维度互动共存的路径"[1]。

如果说布伊尔的生态批评三部曲之一《环境的想象：梭罗、自然书写和美国文化的构成》是构建生态中心主义诗学的力作，那么之二《为濒危的世界写作：美国及其他国家的文学、文化与环境》就是"环

---

[1] 胡志红：《西方生态批评史》，北京：人民出版社，2015年，第242页。

境公正诗学建构的力作",之三《环境批评的未来：环境危机和文学的想象》则进一步深入探讨了前两本书的主题。在该书中，布伊尔先回顾了生态批评的发展历程，总结了生态批评的跨学科性和超学术性特征，探讨了生态批评前两个阶段的主要差异，并对生态批评的未来和发展进行了展望。该书的重要之处是布伊尔将生态区域主义置于后殖民历史背景下进行研究，他的批评范围也扩展到"多文化、多文明的研究领域"，由此拓展了生态批评的研究空间，"为更全面、更深入地研究复杂多变的全球环境问题开辟了新的学术维度，并倡导为了生态批评要探求自然维度与社会维度有机融合的文化路径"[①]。

美国生态批评研究的另一位重量级人物是美国艾达荷大学英文系教授斯洛维克。他曾是生态批评领域最有影响力的学术组织"文学与环境研究会"的创立者之一，并任首任会长，且担任该会重要刊物《文学与环境跨学科研究》（*ISLE*）主编。至今，斯洛维克已经独立或与人合作编辑出版了20多部著作，著作包括《寻找美国自然文学中的意识》（*Seeking Awareness in American Nature Writing*）、《走出去思考》等。

斯洛维克的学术发展历程大致可分为三个阶段：第一阶段以自然书写研究为重点，"视生态意识的提高为解决环境危机的文化对策"；第二阶段是以叙事研究为生态批评策略重点的理论建构阶段；第三阶段则提出了强调生态批评跨文化特点的"生态批评第三波"理论。

斯洛维克生态批评研究第一阶段的代表作，是出版于1992年的《寻找美国自然文学中的意识》。在该书中，斯洛维克"试图通过生态中心主义的视野，运用普遍联系的观点探讨作家心灵与自然之间的一种对应关系。从自然中探寻指导人类精神生活的食粮，以建构应对环境危

[①] 胡志红：《西方生态批评史》，北京：人民出版社，2015年，第261页。

机的文化策略"①。在书中,斯洛维克选取了梭罗、迪拉德、艾比、贝里(Berry)和洛佩兹等五位自然作家为研究对象,认为他们"不仅是自然的研究者、欣赏者,而且是人类心灵的研究者与文学心理学家"②。这一观点如同鲁卡特在《一次生态批评的实验》一文中指出的生态学的第一法则:"每一件事都与其他事联系在一起。"③ 在此文中,鲁卡特阐述了在维持生命的能量路径中诗歌的作用。他认为,诗歌是存储的能量,是维持生命的能量路径中的一个部分,与化石燃料会耗尽、用光不同,诗歌是能量的可更新资源,它来自具有生产力的语言和想象力。诗人从自然界中获取能量,并将这能量存储在诗歌中,通过诗歌将能量以抚慰、启迪、警醒等方式传递给读者。自然文学作家也同诗人一样,甚至有的自然文学作家本身就是诗人。他们从大自然中汲取能量和力量,并通过自然文学向人们讲述自然的故事,传递自然的能量,揭示自然的启示④。与鲁卡特的能量流动理论类似,斯洛维克指出自然文学作家不断地探索自己的心灵,寻求与自然的平衡,并进而在心理意识层面影响他们的读者,实现"生态批评所倡导的文化变革的生态疗效"⑤。

斯洛维克生态批评学术研究第二阶段的代表作,是出版于2008年的《走出去思考》。该书充分体现了斯洛维克倡导的生态叙事原则,从生态批评家的作用的角度探讨了生态批评的叙事特点。那么,作为这一批评形式之实践者的生态批评家的作用何在?对此斯洛维克认为,生态

---

① 胡志红:《西方生态批评史》,北京:人民出版社,2015年,第297页。

② 胡志红:《西方生态批评史》,北京:人民出版社,2015年,第298页。

③ Cheryll Glotfelty & Harold Fromm, *The Eco-criticism Reader*, eds., Athens: University of Georgia Press, 1996, p. 108.

④ Cheryll Glotfelty & Harold Fromm, *The Eco-criticism Reader*, eds., Athens: University of Georgia Press, 1996, pp. 108, 116.

⑤ 胡志红:《西方生态批评史》,北京:人民出版社,2015年,第298页。

批评家应该讲好故事，应该将叙述作为一种文学分析的持续或常用的策略。科学为我们提供了精确的数据，然而，满篇的数字却会让人麻木、迟钝，生态批评则纳入了叙事的元素，可以展现数据背后的现象和事实。斯洛维克说，"我们不能让自己的学术研究退化为一种干枯的、知识分子的高级游戏，毫无活色生香可言，根本脱离了实际经验。我们得同时去迎接世界和文学，找出两者的关联及交叉的部分"①。斯洛维克认为，"与透彻的解说相结合的故事叙述，能够产生最有魅力、最犀利的学术话语"，而"没有叙事的生态批评如同跨出了山峰的外沿而一脚踏空，是一种毫无方向感、形如自由落体的语言"②。针对没有叙事的、枯燥乏味的大量信息给人们带来的麻木感以及消除这种麻木感的策略，斯洛维克在他 2015 年的新书中进行了深入细致的阐述。

2015 年，斯洛维克出版了他的最新著作《数字与神经：数据世界的信息、情感和含义》(*Numbers and Nerves*: *Information*, *Emotion and Meaning in a World of Data*)。他在书中指出，我们生活在一个大数据的时代，各种事实、数据、模型和预测泛滥，人类大脑很快就对以数字形式展现的信息麻木了。诸如从种族灭绝到全球气候变化等许多重要的社会和环境现象，都需要对数据进行大量、细致的描述而非仅仅罗列数据，我们要深刻理解并限制自己对数字形式"成瘾"的心理倾向。斯洛维克在《数字与神经》一书中，探索了人在面对大量信息时的认知反应困境，同时也提供了克服对这些信息产生的麻木感的策略。该书集心理研究、话语分析、叙事沟通于一体，是斯洛维克生态批评学术活动的又一力作。

美国中佛罗里达大学英语系教授墨菲也是美国生态批评领域不容忽

---

① Scott Slovic, *Going Away to Think*, Reno: University of Nevada Press, 2008, p. 28.
② Scott Slovic, *Going Away to Think*, Reno: University of Nevada Press, 2008, p. 35.

视的领军人物。他创造性地提出了"生态文化多元性"的原则,倡导生态多元和文化多元的互动共生。他的学术研究主要包括四个方向:生态批评研究文类的拓展、生态女性主义文学批评研究、多元文化生态批评研究以及跨文明生态批评研究。1993 年,墨菲创办了生态批评研究领域最重要的刊物之一《文学与环境跨学科研究》并担任主编,直至 1996 年辞去这项职务。格罗特费尔蒂在《生态批判读本》中评价该刊"提供了一个从环境视角出发对文学和表演艺术进行学术研究的平台,其中包括对生态理论、环境主义、自然概念以及与其相关的描写、人与自然二分等相关问题的研究"①。虽然《文学与环境跨学科研究》研究的重点是文学与环境,但是它的开放性和包容性预示着生态批评研究的跨学科性、多元化以及国际化等发展趋势,这也是墨菲在生态批评研究中所追求的方向,在他的研究成果中多有体现。

墨菲出版了多部生态批评学术专著,发表了大量学术论文。择其要者,有研究斯奈德的专著《理解加里·斯奈德》(*Understanding Gary Snyder*)(1992 年)和《旅行之地:加里·斯奈德的诗歌与散文》(*A Place for Wayfaring: the Poetry and Prose of Gary Snyder*)(2000 年),有关于生态女性主义研究的专著《文学、自然及他者:生态女性主义批评》(*Literature, Nature, and Other: Eco-feminism Critiques*)(1995 年),以及与戈德(Gaard)合作编辑出版的《生态女性主义文学批评:理论、阐释与教学》(*Eco-feminist Literary Criticism: Theory, Interpretation, Pedagogy*)(1998 年),等等。此外,墨菲还编辑出版了《自然文学:一部国际性的资料汇编》(*The Literature of Nature: An International Sourcebook*)(1998 年)、《自然取向的文学研究之广阔天地》(*Farther Afield in the*

---

① Cheryll Glotfelty & Harold Fromm, *The Eco-criticism Reader*, eds., Athens: University of Georgia Press, 1996, p. xviii.

Study of Nature Oriented Literature)（2000 年）等。在关于生态批评理论研究方面，墨菲的专著有 2010 年出版的《文学与文化研究中的生态批判探索》(*Eco-critical Exploration in Literary and Cultural Studies*)、2013 年出版的《生态批评的横向实践》（*Transversal Eco-critical Praxis*）和 2015 年出版的《劝导美学的生态批评实践》（*Persuasive Aesthetic Eco-critical Praxis*）等。

墨菲预见到生态批评的跨文化、跨文明特征，认为生态批评必定会走国际化的路线。1998 年，他组织专家学者编辑出版了《自然文学：一部国际性的资料汇编》一书，该书也成为生态批评跨文化研究的开山之作。在该书中，墨菲指出了生态批评以英美自然书写作品为重心的局限性，如自然书写不能界定日益拓展的生态批评研究领域，不能涵盖自然文学这一文类以再现自然的多样性和丰富性等。为此，他希望此书能激发一个国际性的、跨文化的、多基础的生态批评潮流的出现。此书汇集了数十个国家和地区的生态批评论文，既有来自欧美等西方国家的生态批评论文，也有来自亚洲、非洲、阿拉伯世界以及拉丁美洲等地的论文，彼时处于萌芽状态的中国生态批评学界的论文也在其中。这使该书成为第一部跨文明生态批评的汇编，"在研究文类、研究主题、理论视角、学术路径和思想基础等方面都得到了极大拓展，是西方生态批评向国际化趋势发展迈出的重要一步"[①]。

生态女性主义文学批评研究也是墨菲生态批评研究的重点，在其著作《自然取向的文学研究之广阔天地》中，墨菲论及自然取向之文学研究的女性维度，致力于生态女性主义理论的建构，并将巴赫金（Bakhtin）的对话理论应用于生态女性主义批评，从而推动了女性主义

[①] 胡志红：《西方生态批评史》，北京：人民出版社，2015 年，第 280—282 页。

的发展。在其最新的两部著作《文学与文化研究中的生态批判探索》和《生态批评的横向实践》中,墨菲再次运用巴赫金的对话理论,从生态女性主义视角对身份等现实问题进行了探讨。

除了生态批评理论方面的研究之外,墨菲还致力于生态批评教育议题的研究和实践。为此他多次呼吁,为了满足本科生和研究生对自然文学与生态批评知识的兴趣与渴求,"在现代语言学会(MLA)会员占有职位的每个院系都应该有一位生态批评学者"。总之,凭借深厚的理论功底和学术热情,墨菲在生态批评理论建构和学术实践上都颇有建树,为生态批评的多元化和国际化发展做出了重要贡献。

第二节 西方生态批评的发展历程和主要思想来源

布伊尔在《环境批评的未来:环境危机和文学的想象》一书中,将生态批评的发展分为二个阶段,即以生态中心主义为特点的第一波生态批评和以环境公正为重心的第二波生态批评。大致来讲,从1972年米克的《生存的喜剧:文学生态学研究》问世到2000年为止是第一波生态批评阶段,之后进入第二波生态批评阶段。

但是,第一波生态批评与第二波生态批评之间并没有一种"有序而清晰的进化"之区分。早期生态批评采用的研究方式多数还在盛行,第二波生态批评中之修正性研究的形式也大多是在第一波生态批评的基础上有所发展而来的。第一波生态批评主张"更多地掌握科学知识",以及"要肯定科学方法描述自然规律的能力,并把科学看作对批评主观主义和文化相对主义的一种矫正"[①]。

[①] 布伊尔:《环境批评的未来》,刘蓓译,北京:北京大学出版社,2010年,第21页。

此外，第一波生态批评家提及的"环境"通常指的是"自然环境"，他们评判文化对自然的影响多是为了赞美自然和批判自然破坏者，并试图改变破坏者危害自然的行动；第二波生态批评家则更关注构建环境与环境主义的有机论模式，从而发展一种文学与环境研究中的"社会性生态批评"，他们主张对待城市的景观和退化的景观要像对待自然的景观一样。

第一波生态批评和第二波生态批评的突破在于，"突出自然写作或毒物污染叙事等曾被忽视的次级体裁；通过历史和批评层面的分析来诠释次级环境文本，其中既运用现成的分析工具，也对其他学科领域那些尚显陌生的成果兼容并包；认同或重新阐释诸如田园、生态启示录、环境种族主义之类的主题构成等"[1]。布伊尔强调，同女性主义、黑人文学研究的重要贡献一样，生态批评的贡献不是批评方法的彻底转变，而是在批评领域引发了对一些社会问题的思考。

早期的生态批评家试图探索文学与生态科学（尤其是生命科学）的关系。生态批评这一术语的提出者鲁卡特主张，文学应当具有生态学的思维和生态学的视野，应当"建构一个生态诗学体系"。米克则提出"文学生态学"的概念，他主张"从生态学的视角，采用跨学科的方法对出现在文学作品中的生物主题进行研究"[2]。对此，米克以洛伦兹（Lorenz）的动物行为学为指导研究喜剧和悲剧，认为喜剧的模式代表了人类与非人类的和谐统一，悲剧的模式则是人类中心主义"对自然秩序的傲慢无礼"。

---

[1] 布伊尔：《环境批评的未来》，刘蓓译，北京：北京大学出版社，2010年，第143页。

[2] 赵光旭：《生态批评的三次"浪潮"及"生态诗学"的现象学建构问题》，载《外国文学》2012年第3期，第142页。

之后的一些学者也认为,生态批评的进步"很大程度上取决于批评家对科学知识的掌握"。著有《文学达尔文主义》(*Literary Darwinism*: *Evolution*, *Human Nature*)一书的卡罗尔(Carroll)将进化生物学看作批评模式;霍华斯(Howarth)则把人性和科学放在具体的景观和地域环境中进行研究,并认为地质学和生命科学同样重要;海斯(Heise)把研究的范围扩展到应用数学的一个分支——风险理论,其目的在于探索文学创作对当代人的焦虑的影响;而黑尔斯(Hayles)的研究领域涉及用于人体修复的环境信息技术、人工智能和虚拟现实等,她认为这些技术对衡量从人类到"后人类"生存模式的转变是至关重要的。虽然生态批评家们主张"利用科学信息凸显文学中的绿色问题",也承认科学话语的使用对文学领域的生态批评具有的重要意义,但却不认为这是一种权威性的模式。文化理论将科学还原为文化建构,但是,多数生态批评家们认为"与文化理论的漠然和文学批评的圆滑相比,科学主义的傲慢却显得更加危险"[①]。

虽然第一波生态批评在注重科学知识的运用方面有其一定的先进性,但是它一方面期望用生态中心主义理念重新建构人类文化,将伦理关怀扩大到整个生物圈,另一方面却在文学上采用以生态中心主义导向取代人类中心主义导向的批评模式,这就又陷入了二元对立的窠臼。当然,早期的生态批评虽然视野有待拓宽,存在这样或那样的不足,但毕竟其为这一批评话语的进一步实践奠定了基础。

生态批评第一阶段最具代表性的学术著作,除了前面提到的米克的《生存的喜剧:文学生态学研究》之外,当属1996年格罗特费尔蒂和弗洛姆共同主编的第一部生态批评论文集《生态批评读本》。此书勾勒

[①] 布伊尔:《环境批评的未来》,刘蓓译,北京:北京大学出版社,2010年,第22页。

了生态批评第一阶段发展的轮廓，被认为是生态批评入门的首选文献。

此书精选了之前几十年间最重要的生态批评论文，几乎包括了当时所有著名的生态批评的主要观点，并对生态批评的基本思想、主要术语和批评规范进行了系统的探讨。《生态批评读本》的第一部分共有10篇文章，主要探讨生态思想理论及生态文学理论；第二部分的6篇文章从戏剧和小说入手，对文学进行生态视角的阐释；第三部分的9篇文章，则是对生态文学的批评研究。在书末的附录中，还简要介绍了截至1995年底最重要的生态批评专著和论文。全书最重要的部分当属格罗特费尔蒂写的《导言》，文中论述了生态批评的定义，生态批评产生的历史、文化和现实背景，生态批评的发展历程，生态批评的对象和研究范围，生态批评的理论依据，生态批评的角度和方法，等等。

第一波生态批评主要有以下几点特征：

其一，文类上以非虚构性自然书写为主要研究对象，包括自然史、游记、自传体自然书写、自然诗歌（尤其是英美浪漫主义诗歌）等。此外，荒野小说也是这一时期的主要研究内容。

其二，忽视性别与环境之间的关系。这一阶段的批评家以白人男性为主，其所研究的作家也以白人男性为主，淡化女性作家和作品中的性别问题。

其三，忽视种族与环境之间的关系。例如，跨文化、跨文明的研究并没有包含在这一时期生态批评的研究范围之内，且很少有少数族裔的作家、作品进入主流生态批评家的视野。

其四，忽视环境问题的历史性和政治性，通常只探讨环境危机的文化根源。

其五，缺乏跨学科性。跨学科性是生态批评的主要特征，但在第一波时期，生态批评所跨学科并不多，其跨学科性并不突出。

其六，对经典的重审也是生态批评的主要特征之一，但第一波生态批评主要是从生态学和深层生态学的视角对经典进行解读的，这就难免失之偏颇，存在局限。

以上这些，都为第二波生态批评对第一波生态批评的不足进行修正埋下了伏笔。

参与第一波生态批评的学者认为，人类中心主义是导致生态危机的重要历史文化根源，于是"希望以生态中心主义取而代之，他们偏爱自然书写文学传统，并以此建构自己的批评范式"[①]。但是，这种以生态中心主义为思想基础的第一波生态批评存在许多局限性，这引起了许多生态批评学者的警觉。20世纪90年代中后期，一些生态批评学者开始对其进行修正，以期保持生态批评学术话语的活力。首先，西方生态批评学者拓展了生态批评的理论视野，将生态中心主义视野拓展到集种族、性别和阶级视野于一身的环境正义视野。其次，他们拓宽了文本研究范围，将与环境议题有关的文本都纳入生态批评研讨和阐释的范围。最后，他们扩大了"环境"的内涵，将有形的物理环境和无形的想象空间都纳入生态批评研究的范围。其中，最为重要的修正是第二波生态批评中增加了生态女性主义视野和种族视野，"既要站在生态女性主义的立场探讨文学、文化中所反映出的性别压迫（如女性被压迫）与环境之间的关系，还要站在种族的立场探讨文学、文化中种族压迫与环境之间的关系，从而揭示不同种族、不同文化与环境经验多样性之间的联系"[②]。

应当指出，具有多元化特征的生态女性主义是在几种并非泾渭分明的研究中发展起来的，这些研究包括：以麦西特（Merchant）和哈拉维

[①] 胡志红：《西方生态批评史》，北京：人民出版社，2015年，第146页。
[②] 胡志红：《西方生态批评史》，北京：人民出版社，2015年，第35页。

（Hraway）为代表的修正性科学史研究、以考勒德尼（Kolodny）和威斯特灵（Westling）为代表的抵制男性中心主义传统的文学解读、由戴利（Daly）和鲁伊瑟（Ruether）开创的女性主义生态神学研究，以及普拉姆伍德（Plumwood）和沃伦（Warren）所从事的环境哲学研究。

布伊尔认为，生态女性主义涵盖了一系列理论和实践的共同立场，"对女性与自然的双重主宰是父权制文化的产品"①。这一文化形成于古代，二元论认识论和科技革命中的工具理性主义使其得到强化。生态女性主义包括宗教的、伦理的和文化生态女性主义等多种分支，其关于环境问题的主张也有着多种立场。文化生态女性主义强调转变价值与自觉意识，把"女性"和"母性"视为固定范畴；社会生态女性主义则强调"一种社会经济分析，它把自然和人类自然看作社会性建构，它植根于对种族、阶级和性别的分析"。一些生态女性主义者的实践活动使得生态批评更加关注环境福利与公正等问题，更关注穷人和社会边缘人群。其关注的对象涉及城市化景观、种族主义、贫困问题和中毒问题等，这将生态批评的伦理和政治引向了一个"更加社会中心化的方向"。

布伊尔认为，《环境的想象：梭罗、自然书写和美国文化的构成》是第一波生态批评的代表作，但他也承认"把注意力集中在等同于'自然'的'环境'、把自然写作看作最具代表性的环境文类，都是过于局限的"②。他认为一种成熟的环境美学（以及环境伦理学或环境政治学）应该考虑到，繁华都市和偏远内陆之间、人类中心和生态中心

---

① 布伊尔：《环境批评的未来》，刘蓓译，北京：北京大学出版社，2010年，第152页。

② 布伊尔：《环境批评的未来》，刘蓓译，北京：北京大学出版社，2010年，第25页。

之间，都是相互渗透的。

第二波生态批评时期修正性的观点在 2002 年由亚当森（Adamson）等人合作出版的《环境正义读本：政治学、诗学和教育》（*The Environmental Justice Reader: Politics, Poetics, and Pedagogy*）中得以体现。如果说主要收集第一波生态批评论文的《生态批评读本》是一本为了解生态批评全貌的外来者提供指导的入门书，那么集中了批判性和社会性分析、代表性运动概述、行动主义宣言、访谈和教育学论文的《环境正义读本》则是一个"修正性的升级版本了"①。该书"确立了环境公正批评的基本理论框架和基本批评范式，倡导环境诗学与环境政治及环境教育的结合"②。

该书分为三部分，第一部分"政治学"（Politics）中的论文主要探讨如何扩大主流环境运动关注范围，阐明环境问题和社会问题之间的关系；第二部分"诗学"（Poetics）中的论文主张站在环境公正立场，研究文学、文化等多元文化产品，并发掘其中的生态内涵，揭露环境种族主义、环境殖民主义等不良行径；第三部分"教育"（Pedagogy）中的论文则探讨了在不同学科和机构中为大学生开设环境正义课程的策略。

布伊尔说，《环境正义读本》是"这些时代（指第二波生态批评时期）的一个标志"，从中可见第二波生态批评的以下一些特征：

第一，扩大了"环境"的内涵和范围。第一波生态批评中的环境等同于自然或荒野，第二波生态批评则将人工环境也纳入考察范围，这就极大地扩展了研究范围。

第二，增加了研究文类。第一波生态批评考察的文本主要是自然文学、自然诗歌以及荒野小说，第二波生态批评则对第一波生态批评推崇

---

① 胡志红：《西方生态批评史》，北京：人民出版社，2015 年，第 124 页。
② 胡志红：《西方生态批评史》，北京：人民出版社，2015 年，第 124 页。

的经典框架进行了重新建构，扩大了研究的文类范围。

第三，扩大了研究的议题范围。第一波生态批评试图将人类和自然世界重新结合起来，第二波生态批评则增加了社会维度，不仅关注"自然的"空间，而且关注"建构性的"空间，关注"在城市里寻找自然的残留痕迹和/或揭露对社会边缘群体所犯的生态非正义罪行等"。

第四，增加了生态女性主义视野和种族主义视野。

第五，加强了生态批评学术性与环境政治和环境教育之间的联系，注重学术团体和社会团体、平民环境运动之间的结合。

除了布伊尔的两阶段理论，还有学者提出了生态批评三阶段理论。参照肖瓦尔特（Showalter）提出的女性主义研究的三阶段，格罗特费尔蒂将生态批评也分为三个阶段，在不同的发展阶段，生态批评的侧重点也有所不同。

第一阶段，生态批评聚焦于自然是如何在文学中显现的。例如，当伊甸园、阿卡迪亚、处女地、浓雾弥漫的湿地、蛮荒野地等原型被识别时，意识如何产生结果以及文本中自然的缺席何时被注意到。

第二阶段，生态批评努力恢复至今仍被忽视的自然写作的文体。这种以自然为中心的非虚构的传统始于英国怀特（此处指吉尔伯特·怀特）1789年出版的《塞尔伯恩自然史》，并通过梭罗、巴勒斯、缪尔、奥斯丁、利奥波德、卡森、艾比、迪拉德、洛佩兹以及威廉姆斯（此处指特里·坦皮斯特·威廉姆斯）等作家延伸至美国。在这一阶段，生态批评还致力于传播考察小说、诗歌等主流文体作家作品中表现生态意识的环境启蒙作品。

第三阶段，生态批评致力于考察物种的象征性建构，研究文学语境中如何定义人类。同时，致力于在理论上发展生态诗学，试图以生态学中生态系统的概念以及它对相互联系的强调和能量流作为诗学在社会中

实现其功能的隐喻。此外,生态批评家还关注哲学领域的深层生态学,以探索文学研究中可能存在的对人类中心主义的激进批判内涵[1]。

斯洛维克在布伊尔的两阶段理论基础上,提出了生态批评第三阶段理论。2010年,斯洛维克在《生态批评第三波:北美对该学科现阶段的思考》(*The Third Wave of Eco-criticism: North American Reflections on the Current Phase of the Discipline*)一文中提出了生态批评第三波理论,并认为2000年之初西方生态批评就已经进入第三波生态批评阶段。第三波生态批评强调跨文化、跨文明视野与生态女性主义批评和环境正义生态批评的结合,其研究视野更宽阔。斯洛维克总结了第三波生态批评的以下几个特点:

第一,探索地方的全球性观念与区域主义之间的关系,产生出诸如"生态世界主义"、"根深蒂固的世界性"、"全球灵魂"和"超越地方性"等概念。

第二,在比较语境中探索建构人类环境经验之后民族想象和后种族想象的可能性。同时,一些学者考虑将种族变化的经验放到更加宽广的比较语境中进行研究,以考察保持种族特性的重要性。

第三,早期生态女性主义研究已经演变为"物质主义"的生态女性主义新浪潮。生态批评中的性别研究也得到发展,从生态男权主义(eco-masculinism)发展为绿色怪异理论(green queer theory)。

第四,对"动物性"的概念高度关注,将环境正义范围扩展至非人类物种及其权利。

第五,出现了将学术、教学和社会相联合的"多元行动主义"倾向,试图建构学术、生活和社会变革的统一体。

---

[1] Cheryll Glotfelty & Harold Fromm, *The Eco-criticism Reader*, eds., Athens: University of Georgia Press, 1996, p. xiii–xxiv.

第二章 生态批评研究

纵观生态批评迄今为止的发展历程，不难发现它的强劲势头。对于它的未来，格罗特费尔蒂等学者也提出了各自看法。格罗特费尔蒂在《生态批评读本》导言中指出，生态批评最重要的任务是唤醒意识。对于生态批评的未来，她期望看到学者们能够更加具有跨学科意识、多元文化特点和国际性的视野。例如，可以邀请不同学科领域的专家参加文学会议，或者举行生态主题的跨学科学术研讨会；当环境和社会正义问题的联系加强时，应该鼓励不同的声音加入讨论中，此时生态批评会成为一种民族运动；在规模上，环境问题已呈现出全球性特点，其解决方法也需要世界范围内的合作，因此生态批评也将是国际性的[1]。加拉德（Greg Garrard）认为，生态批评未来面临的挑战有两个：一是如何处理经济全球化与生态批评之间的关系，二是如何在绿色人文科学与环境科学之间建立一种建设性的关系[2]。

布伊尔则指出，当今生态批评更加关注环境正义，关注全球化与生态保护地域的关系和冲突。此外布伊尔认为，生态批评未来面临的挑战至少有以下四个方面：一是学科组织的挑战，二是专业合法性的挑战，三是界定批评研究的特有模式的挑战，四是在学院以外确立其重要地位的挑战[3]。尽管面临各种挑战，布伊尔还是指出，生态批评的影响正在不断增强，联合的范围也在不断扩大（包括环境作家、环境行动主义者以及非学术圈的环境教育者）。生态批评不断增强的批评意义上的复杂性，使其更具"专业性的谨慎"和更加丰富的"内部层次"，因此，生态批评的未来是充满活力和希望的。

---

[1] Cheryll Glotfelty & Harold Fromm, *The Eco-criticism Reader*, eds., Athens: University of Georgia Press, 1996, p. xxiv-xxv.

[2] Greg Garrard, *Eco-criticism*, London and New York: Routledge, 2004, p. 178.

[3] Lawrence Buell, *The Future of Environmental Criticism: Environmental Crisis and Literary Imagination*, Malden: Blackwell Publishing, 2005, p. 128.

虽然生态批评面临各种挑战,其理论也有待完善,但它自肇始以来的特征依然预示了其极富前景的发展趋势。生态批评的研究者们将文学与生命科学联系在一起,使其具有了跨学科特征;对其他文化成果的吸纳,使其具有了跨文化、跨文明的特征;对各种理论的借鉴和融合,又使其具有了多元视角的特征。生态多元性和文化多元性密不可分,可以说保护文化多元性就是保护生态多元性,因为"文化的多元性是生态多样性的物理表现"①。生态文化的多元性势必要求生态批评从跨文化甚至是跨文明的角度出发,在不同的文化、文明中寻求生态智慧,完善生态批评的研究范式和理论建构,探寻解决生态危机的有效策略。此外,生态危机的全球性蔓延也要求各种文化的共同努力,这就为生态批评的国际化发展提供了条件。

现实的生态危机有其深刻的思想文化根源,这实际上是人类文化的危机。斯奈德在题为《荒野》的演讲中指出,"西方文化的弊端在于它继承了太多错误的东西,它是一种与外界和内在的荒野隔离的文化,而这种文化是引起环境危机的根源,是一种自我毁灭的文化"②。要从根源上消除生态危机,需要重新审视我们的生活方式、思想观念和伦理道德等问题。生态批评最基本的理念就是"人类文化与自然世界密切相连,它既影响自然,又受自然影响",它是"对人与自然、文化与自然关系的一种反思"③,生态批评主张人类意识由"自我意识"(ego-consciousness)向"生态意识"(eco-consciousness)转变。生态批评试图从西方思想内部寻找理论支撑,其中最重要的思想理论包括卢梭

---

① 胡志红:《西方生态批评史》,北京:人民出版社,2015年,第285页。
② 赵一凡、张中载、李德恩:《西方文论关键词》,北京:外语教学与研究出版社,2006年,第490页。
③ 赵一凡、张中载、李德恩:《西方文论关键词》,北京:外语教学与研究出版社,2006年,第490页。

（Rousseau）、达尔文、恩格斯（Engels）的生态思想、以利奥波德为代表的整体论环境伦理学以及欧洲的深层生态学、海德格尔晚期思想、梅洛-庞蒂的现象学以及东方的佛教等思想。

卢梭的生态思想是系统而全面的，当代西方的许多生态哲学观念都可以上溯到卢梭。卢梭告诫人们要遵循自然规律，不要违背自然规律，把人类的发展限制在自然所能承载的范围之内，不要妄想人类能够最终战胜自然。卢梭承认欲望是人格的一种自然倾向，但他也指出了有限的自然欲望存在的合理性，以及追逐无限奢侈享受的欲望所带来的可能恶果。卢梭清楚地看到，如果欲望无限膨胀，它终将"并吞整个自然界"，并且"通过腐蚀我们而奴役我们"。因此，卢梭主张限制人的物质欲望，"至少把欲望限制在自然界所能承载的限度内"。同时，他提倡"物质生活简单化、物质需求有限化和精神生活丰富化"。卢梭号召人们回归大自然，他认为回归人的自然天性是人类健康生存所必不可少的[1]。卢梭的这些具有前瞻性的思想，激发了人们对自然以及人与自然关系的深入思考，他的思想也为生态批评提供了大量的理论依据。

达尔文的进化论对生态批评理论的发展也起到了不可忽视的推动作用。达尔文的进化论使人们认识到人类与其他生物关系紧密，甚至在生物学意义上有着共同的"根"，由此将伦理范围扩大到所有生物，把对人的关怀扩大到所有生命。根据达尔文的进化论和生态学理论，生态批评学者认为万物之间都有着密切的联系，主张"生态批评的参与者和研究者从人类的进化与自然环境、人类的发展与其所处的生态环境的变化等方面来考虑文学问题"[2]。被誉为"具有突破性的文学理论学者"

---

[1] 王诺：《欧美生态批评》，上海：学林出版社，2008年，第75—80页。
[2] 程虹：《美国自然文学三十讲》，北京：外语教学与研究出版社，2013年，第362页。

卡罗尔出版了《进化论与文学理论》（*Evolution and Literary Theory*）（1995年）和《文学达尔文主义》（2004年）两部著作，其被认为是将达尔文的进化论与文学理论相结合进行综合研究的代表人物。

此外，整体论的伦理学也是生态批评重要的思想来源。生态批评旨在建立一种生态整体观，强调整体及其内部各部分之间的联系。具有忧患意识的生态批评家从对自然界中万物的情感以及对当前生态危机的担忧出发，以生态整体主义思想为指导，重新审视导致生态危机的人类现代文化与文明，重述人与自然的关系，以期重构人类与自然和谐共存的伦理道德和文化模式。

如前所述，马内斯指出，在所有的人类社会中，道德关怀的范围似乎仅限于由相互交流的言说者组成的圈子①，自然则由于沉默而被排除在道德关怀之外；同样，西方传统中的道德身份也没有被赋予自然。贾斯丁为我们描述了西方文化传统中剥夺自然道德身份的几种观点：亚里士多德和阿奎那认为只有人有道德身份，人类有道德身份是因为他们有知识，可以思考和选择；康德的伦理学虽然不像前人那么苛刻，但是他将权利和道德身份限制为"主体"（subjects）和"目的"（ends），以区别于"客体"（objects）和方法（means），强调只有人类才有道德身份，即只有能自主的生物、有自由和理性行为的生物才有道德身份。此外一个很有影响的观点来自17世纪的笛卡尔，他认为所有现实的东西都可被简化为两种基本类型：意识和物质（minds and bodies）。其中，意识是道德身份的判据，任何没有意识的事物都只能是物理上的东西，不应考虑其好坏。对此贾斯丁总结说，大多持西方传统观念的哲学家认

---

① Cheryll Glotfelty & Harold Fromm, *The Eco-criticism Reader*, eds., Athens: University of Georgia Press, 1996, p. 16.

为，只有人类才有道德身份①。

生态批评者所持的，则是将道德身份归还给自然界中各个成员的生态整体主义——大地伦理。他们认为，"生态文学作家是行走在大地上的诗人……在大地上写作，为自然而写作，最终为所有生命的存在而写作，为人与自然的共在而写作……"②在生态文学文本中，自然不仅成为言说的主体，而且成为大地伦理关照的对象，从而进入道德关怀的整体之中。如前所述，大地伦理这一概念是被誉为当代环境运动伦理之父的利奥波德在其专著《沙乡年鉴》一书中提出的。在该书的《大地伦理》一文中，利奥波德先是提出了大地共同体的概念，他认为，土地不光是土壤，它还包括气候、水、动物和植物，人"则是这个共同体的平等一员和公民"。在此基础上他进一步提出，在这个共同体内，每个成员都有其继续存在的权利，这就是大地伦理。大地伦理涵盖了所有动植物和自然存在，把道德权利扩展至动物、植物、土地和其他自然界的实体。大地伦理的整体观将万物纳入道德关怀的范围，因为共同体中的每个成员都有其独特的魅力和内在价值。

面对严重的生态危机和文化危机，海德格尔认为对人类的拯救离不开他提出的整体性的"四重存在"："拯救地球靠的不是统治和征服，而是只需要从无度的掠夺破坏向后退一步，迈向最根本的四位一体——大地与天空、神性与道德，使之结合成一体。"③ 同时，海德格尔还主张诗意的拯救策略。他认为，"拯救破碎的自然与重建衰败的人文是一致的"，"应当把拯救地球和拯救人类的最后一线希望寄托在'诗'（文

---

① 贾斯丁：《环境伦理学》，林官明、杨爱民译，北京：北京大学出版社，2002年，第106, 107, 108页。
② 薛敬梅：《生态文学与文化》，昆明：云南大学出版社，2008年，第68页。
③ 王诺：《欧美生态文学》，北京：北京大学出版社，2003年，第44页。

学艺术)上……只有一个上帝可以救度我们,那就是诗。'诗'让'天、地、神、人'融为纯净的一体,'一切艺术在本质上都是诗'……诗意的救度意味着,参与自然、顺应自然、守护自然。让自然万物如其所是地存在,还意味着,灵魂与自然之间、自我与环境之间没有任何隔膜、障碍"①。

消解了人与自然之间关系的二元论之后,主体间性或交互主体性理论为生态批评提供了理解和叙述人与自然之间关系的依据。如前所述,主体间性(inter-subjectivity)是20世纪西方哲学中出现的一个范畴,可译为或理解为主体之间性、主观际性、主体(观)通性、共(多)主体性、主体间本位等。它的主要内容是研究或规范一个主体是怎样与完整的作为主体运作的另一个主体互相作用的②。对此,王诺在其专著《欧美生态批评》中指出,"生态的主体间性思想就是生态的联系的集中体现"③。如前所述,王诺认为主体间性或交互主体性思想至少应当追溯到胡塞尔的现象学。胡塞尔说:"我所经验的道德的世界连同他人在内,按照经验的意义,可以说并不是我个人综合的产物,而是一个外在于我的世界,一个交互主体性的世界,是为每个人在此存在着的世界,是每个人都能理解其客观对象的世界。"此后,王诺引用艾布拉姆的观点,将主体间性思想的又一位重要代表梅洛-庞蒂的感知哲学看作"走向生态"的哲学。"梅洛-庞蒂将感受到的事物写成实体,将感觉能力写成力量,而将感觉本身写成一个万物有灵的领域,为的是强调它们对感知经验积极有力的贡献……先于我们所有的语言反应,在我们本能

---

① 胡志红:《西方生态批评研究》,北京:中国社会科学出版社,2006年,第88,89,90页。
② 薛敬梅:《生态文学与文化》,昆明:云南大学出版社,2008年,第59页。
③ 王诺:《欧美生态批评》,上海:学林出版社,2008年,第127页。

的层面上,感官地参与我们周围的世界,我们都是万物有灵论者。"①生态批评家发现,"人(类)主体与自然主体之间的关系就是交互主体性关系"②。人(类)主体和自然主体都是生态整体中的一部分,每一个主体都有其独立于他者的价值和利益,都有其不依赖于他者的显现。

深层生态学/思想(deep ecology)是20世纪70年代伴随环境运动和对生态危机的反思而在西方兴起的,现在它已成为西方环境哲学的一个重要流派和生态运动中激进环境主义思想的主导力量。1973年,挪威哲学家奈斯(Naess)发表《浅层生态运动和深层、长远的生态运动:一个概要》一文,提出"浅层生态运动"和"深层生态运动"等概念,这是最早的深层生态学观念。就自然观而言,深层生态学主张一种整体论的观点,它把当前的生态危机归咎于西方文化传统中对待自然的二元论和功利主义态度,同时深层生态学拒斥近代哲学主流中的机械唯物论和人类中心主义世界观。深层生态学"把整个宇宙看成是由一个基本的精神或物质实体组成,由实在构成的'无缝之网'。人和其他生物或自然都是'生物圈网上或内在关系场中的结',是它的不同表现形式"③。

西方思想体系中的其他一些理论,如斯宾诺莎(Spinoza)的伦理一元论,也对生态中心主义带来了影响。此外,对此产生影响的还有南亚和东亚各种哲学思潮的广泛传播,尤其是佛教和道教的影响,早期生态批评作家(如斯奈德和许多美国环境作家)就深受其影响。生态批评这种兼收并蓄的开放性和包容性使之具有了跨越性(包括跨学科性、

---

① 王诺:《欧美生态批评》,上海:学林出版社,2008年,第127—128页。
② 王诺:《欧美生态批评》,上海:学林出版社,2008年,第127页。
③ 雷毅:《深层生态学思想研究》,北京:清华大学出版社,2001年,第26—27页。

跨文化性甚至是跨文明性）以及理论的融合性，这就保证了生态批评能够不断完善，充满活力。

第三节 生态批评在中国：借鉴西方与自主创新

随着生态危机的全球性恶化，文学领域的生态批评也呈现全球化的发展态势。在现实环境危机的催逼之下，人们越来越深刻地认识到，在发展经济、创造物质文明和精神文明的同时，不能忽视生态文明建设，这是进行可持续发展的必要环节。2007年，党的十七大明确提出了"建设生态文明"的重要论断，并将其作为建设社会主义和谐社会的重要目标，同时对"生态文明"的内涵进行了深入阐释。这一论断对我国生态批评、生态美学以及生态文艺学等文学艺术的理论建设具有极为重要的意义，使之由边缘进入主流成为可能。

2012年党的十八大提出，在"经济建设、政治建设、文化建设、社会建设"的基础上增加"生态文明建设"。与之相应，"多年以来一直处于边缘的绿色文化研究也进入主流文化研究的视域"[1]。环境危机的产生，既有人类发展经济的现实根源，也有更深层的文化根源，因此，"解决环境问题的对策理应包括技术策略和文化策略"[2]。生态文明的提出为生态批评的深入发展带来了契机，同时，文学艺术研究领域之生态批评的发展也必将丰富生态文明建设的理论建构和实践。

一段时间里，对西方生态文学、生态批评的研究构成了中国生态批评的重要内容。对此王诺指出，中国的生态批评以引进欧美的"生态批评"术语为开端。1999年，署名"司空草"的作者在《外国文学评

---

[1] 胡志红：《西方生态批评史》，北京：人民出版社，2015年，第378页。
[2] 胡志红：《西方生态批评史》，北京：人民出版社，2015年，第378页。

论》动态栏里发表了介绍性短文《文学的生态学批评》，拉开了中国生态批评的序幕。2001年，中国学界首次使用"生态批评"这一术语。这一术语出现在由清华大学教授王宁选编并主持翻译的《新文学史Ⅰ》之中，其中包括贝特的名篇《生态批评》等。这也是我国学界第一次翻译国外生态批评文献[①]。

美国等西方早期的生态批评以研究自然文学为重点。我国在对其引介的初期，也有学者就美国的自然文学进行研究，其主要成果包括：2001年，生活·读书·新知三联书店出版的程虹的专著《寻归荒野》，该书详细介绍了美国自然文学的缘起、发展和现状，是我国第一部研究美国自然文学的专著；2003年，北京大学出版社出版的王诺的专著《欧美生态文学》，该书对生态文学的思想资源、发展进程以及思想内涵等都做了翔实的论述。

此后，与生态批评相关的学术论文、专著、硕士和博士论文以及各种学术会议等成果和活动如雨后春笋般出现。我国生态批评发展初期的代表性论文包括：2002年王诺在《文艺研究》第3期发表的论文《生态批评：发展与渊源》，该文首次系统介绍了西方生态批评的发展与主要成就；韦清琦在《外国文学》2002年第3期发表的论文《方兴未艾的绿色文学研究——生态批评》和在《外国文学研究》2003年第3期发表的《生态批评完成对罗格斯主义的最后合围》；王宁在《外国文学研究》2005年第1期上发表的《文学的环境伦理学：生态批评的意义》；等等。博士论文方面，有程虹的《自然与心灵的交融——玫瑰自然文学的缘起、发展与现状》（2000年）、韦清琦的《走向一种绿色经典：新时期文学的生态学研究》（2004年）、宋丽丽的《文学生态学的建构——生态批评的思考》（2005年）、刘蓓的《生态批评的话语建构》

[①] 王诺：《欧美生态批评》，上海：学林出版社，2008年，第224，226页。

(2005年)等。专著方面,有王诺的《生态与心态》(2007年)、《欧美生态批评》(2008年)和《生态批评与生态思想》(2013年),韦清琦的《绿袖子舞起来:对生态批评的阐发研究》(2010年),胡志红的《西方生态批评研究》(2006年)和《西方生态批评史》(2015年),等等。

这一时期,对西方生态批评理论著作的译介作品也相继问世,如韦清琦翻译的《走出去思考:入世、出世及生态批评的职责》、刘蓓翻译的《幻境批评的未来:环境危机与文学想象》以及胡志红翻译的《实用生态批评:文学、生物学及环境》等。这些生态批评的论文、著作及译著等深入探讨了生态危机的文化根源、文学艺术与环境的关系以及生态批评的理论建构等议题,扩大了生态批评在我国的影响。

生态批评在中国得以传播发展并逐步形成自己的特色,离不开学者们的研究与译介,尤其是其中的一批中青年学者几乎都有在西方国家学习的经历,这为他们了解生态批评的前沿理论和最新成果,掌握第一手研究资料,与国外同行交流等提供了可能,由此也丰富了国内的生态批评研究。

如前所述,我国的生态批评最初也聚焦于自然文学研究。曾在美国布朗大学访学的程虹于2001年出版了国内第一部系统介绍、评述美国自然文学的著作《寻归荒野》(此书于2011年出版了增订版)。《寻归荒野》以时间为经线,以主题为纬线,经纬交织,勾勒出从北美新大陆时期一直到20世纪的美国自然文学的发展脉络。书中不仅有对各个时期主要自然文学作家及其作品的解读,而且有对同一时期自然文学作家之共性的阐述。此书可作为了解美国自然文学的导读作品,同时也为我国对西方生态批评作品的研究提供了索引。2013年,程虹又在《寻归荒野》一书的基础上进行增改,出版了国内首部系统化的美国自然文学教材《美国自然文学三十讲》(外语教学与研究出版社)。此外,自2004年起,程虹翻译了美国自然文学经典《醒来的森林》、《遥远的房屋》、《心灵的慰藉》和《低吟的荒野》，这四本译作由生活·读书·新知三联书店分别于 2004 年、2007 年、2010 年和 2012 年出版，组成了《美国自然文学经典译丛》，为我国生态批评的个案研究提供了中文文本借鉴。2006 年，程虹为国内大型工具性理论辞书《西方文论关键词》（由外语教学与研究出版社出版）撰写了"自然文学"和"生态批评"两个词条，这也是"自然文学"和"生态批评"首次出现在国内大型工具性理论辞书之中。同时，程虹还应邀在由上海世纪出版集团发行的文化评论月刊《文景》上主持《重读自然》专栏，定期发表文章，旨在向中国读者系统介绍西方自然文学的名家名作，并在此基础之上出版了《宁静无价：英美自然文学散论》（上海人民出版社，2009 年初版，2014 年再版）。

曾在哈佛大学访学的王诺是国内另一位较早研究欧美生态文学和生态批评的学者。他的专著《欧美生态文学》（2003 年）、《生态与心态》（2007 年）、《欧美生态批评》（2008 年）和《生态批评与生态思想》（2013 年）集中探讨了生态批评研究的思想内涵、研究切入点以及生态文学与生态审美的关系等问题。这几部著作的内容随着作者研究的深入而不断充实、丰富。其中，《欧美生态文学》被认为是国内学界第一部生态文学研究专著。该书考察、评价了欧美生态文学和西方生态思想的发展及主要成就，并对生态文学的定义和特征进行了论述，对生态文学的思想内涵进行了系统研究。该书突破了早期生态批评研究中只关注自然文学的局限，拓宽了研究文类（如将小说等包括在内），从而丰富了国内生态批评研究中文本和作家的种类和数量。王诺的另外几本著作则更多探讨了生态批评的思想内涵等问题。其中，《欧美生态批评》一书重点研究了生态批评的哲学思想基础、研究切入点等，并指出：卢梭、达尔文、恩格斯、海德格尔的生态思想以及生态整体主义等成为生态文

学研究的哲学基础,而对人类中心主义征服与控制自然观的批判以及对简单生活观的倡导则成为生态文学研究的切入点。此书中的部分观点和内容在《生态批评与生态思想》一书中得到进一步阐述,从而为国内的生态批评研究与教学提供了理论借鉴。

如前所述,国内中青年学者们大都有机会到生态批评研究蓬勃发展的欧美国家作访问学者,近距离地学习西方生态批评的理论,了解其研究和发展动向。青年学者学术嗅觉敏锐且具有比较意识,不仅把握到了西方生态批评发展的最新动向,而且能够反观国内生态批评的发展,并将二者进行比较,取长补短,扬长避短,胡志红和韦清琦等的生态批评专著就是这类研究成果的代表。

胡志红的《西方生态批评研究》(中国社会科学出版社,2006年)和《西方生态批评史》(人民出版社,2015年)这两本专著系统梳理了西方生态批评发展历史,其中既有对生态批评兴起的背景、发展历程以及主要特征等问题的宏观概览,也有对具体发展阶段和生态批评学者个体成就的微观研究;同时以西方生态批评为参照,从比较的视野审视中国生态批评的发展,论述其发展的意义和理论建构成果,并指出中国生态批评的困境及解决对策。

韦清琦的《绿袖子舞起来:对生态批评的阐发研究》(南京师范大学出版社,2010年)一书,则是以生态批评作为理论工具对我国新时期生态文学进行解读之跨学科阐发研究的典范。在书中,作者将其研究范围锁定在1976年以来的中国文学作品,理由是这段时期是"中国自然生态和精神生态剧烈变化的阶段",并且"有充沛的文本资料可供研究"①。该书是国内首部运用西方生态批评理论对多部中国文学文本进

---

① 韦清琦:《绿袖子舞起来:对生态批评的阐发研究》,南京:南京师范大学出版社,2010年,第2页。

行多角度解读的专著,同时强调了中国生态文学的精神资源,尤其是中国古代的生态文化遗产,并由此形成了该书中西交融的研究特色。书中对中国文学文本的解读,不是生硬地套用生态批评理论,而是找到文本与理论的契合点并加以阐发,这就为我国的生态批评研究与西方接轨,进行平等对话做出了贡献。

我国的生态批评研究在借鉴西方思想理论的同时,也不断发展出自己的特色。与中青年学者主要关注西方生态批评理论的发展不同,我国的生态批评理论界前辈则更多将目光投向国内已有的生态思想资源,尤其是我国古代丰富的生态智慧,并以此构建区别于西方的生态理论。

我国的生态批评研究与生态美学和生态文艺学紧密结合,"特别重视生态美学和生态文学理论的建构"[1]。对此,学界也有观点认为,生态批评是以生态美学和生态文艺学为理论形态存在的:"我国的生态批评诞生于20世纪90年代中期,主要呈现两种理论形态,即生态美学和生态文艺学……其主要以生态中心主义为思想基础,探讨文学与环境之间的关系,属于生态中心主义型生态批评。"[2] 张华在其专著《生态美学及其在当代中国的建构》中则认为,生态美学"是突破了主客二分、二元对立的认识论思维模式的,是以人与自然整体和谐关系为原则的哲学思想和价值观念,是高于生态实践的精神理念的,在哲学层面上是一种世界观和价值观,在文学艺术层面上是艺术哲学"[3]。他进一步指出,从生态存在论美学观视角出发的生态美学是"以生态的世界观和价值观为原则,以生态的观念、思想为指导去看待和研究文学艺术的,从而形成文艺学意义上的生态美学,或称生态文艺美学、生态文艺理论、生

---

[1] 王诺:《欧美生态批评》,上海:学林出版社,2008年,第231页。
[2] 胡志红:《西方生态批评史》,北京:人民出版社,2015年,第373页。
[3] 张华:《生态美学及其在当代中国的建构》,北京:中华书局,2006年,第4页。

态文艺学等"①。综合来看,生态批评、生态美学和生态文艺学相互融合又各有侧重,很难划出清晰的分界线。对此笔者认为,生态批评研究更侧重于文本分析,生态美学和生态文艺学则更侧重于理论建构,这与一些学者所说的生态批评以生态美学和生态文艺学为理论形态并不矛盾。

其实,早于生态批评的出现,我国文学艺术领域的生态意识就已初见端倪。我国文学艺术领域的生态意识大致出现于20世纪70年代,至20世纪80年代已有所发展,生态批评的文学理论则诞生于20世纪90年代中期。其中,最早发表的关于生态美学问题的论文,主要有1994年李欣复的《论生态美学》与佘正荣的《关于生态美的哲学思考》。1999年1月,海南省社科规划办与海南大学精神生态研究所联合创办了生态批评刊物《精神生态通讯》,该刊由苏州大学文学院生态文艺学研究室主办,鲁枢元担任主编,共发行了10年66期。该刊旨在推动生态批评与生态文艺学建设。鲁枢元、曾繁仁、曾永成等中国著名的生态理论研究学者都曾在该刊发表论文,推动了中国生态批评事业的发展,扩大了生态批评事业的影响。

除此之外,国内出版的有代表性的生态美学、生态文艺学专著包括:曾永成的《文艺的绿色之思》(2000年),徐恒醇的《生态美学》(2000年),余谋昌的《生态哲学》(2000年),雷毅的《生态伦理学》(2000年),鲁枢元的《生态文艺学》(2000年)、《自然与人文:生态批评学术资源库》(2006年)、《生态批评的空间》(2006年)、《走进大林莽:四十位人文学者的生态话语》(2008年)和《陶渊明的幽灵》(2012年),曾繁仁的《生态存在论美学论稿》(2003年)、《生态美学

---

① 张华:《生态美学及其在当代中国的建构》,北京:中华书局,2006年,第4页。

导论》(2010年),蒙培元的《人与自然——中国哲学生态观》(2004年),张华的《生态美学及其在当代中国的建构》(2006年),等等。

党圣元指出,"生态美学的提出是在世界范围内由工业文明到生态文明转型和各种生态理论不断发展的大背景下,为了解决当前国内美学界所遇到的诸多学术瓶颈,摆脱美学自身理论研究困境所进行的一次积极尝试"[1]。他认为,生态美学的宗旨是用"生态学的整体性思维方式对以往的审美观念进行全面审视,用生态学的角度思考美学问题,并运用美学的理论思考生态环境建设"[2]。

山东大学文艺美学研究中心的曾繁仁教授是我国生态美学研究领域的领军人物,他提出了以人与自然的生态审美关系为出发点创建"生态美学"的想法。他指出,"应在广泛吸收东西方文艺美学理论有价值成分的前提下,将生态美学观奠定在马克思的唯物实践存在论的哲学基础之上,由对美的单纯认识论考察转移到存在论考察之中"[3]。由此,曾繁仁提出了生态存在论美学。他认为,对生态美学的界定应该提到存在观的高度。生态美学是一种人与自然、社会达到动态平衡、和谐一致,处于生态审美状态的存在观。曾繁仁从生态美学的界定、内涵、研究的意义以及生态美学与哲学、伦理学、当代科技等一系列问题的研究入手,论述了"生态存在论美学"思想,建构起一个生态美学的理论框架。它以人与自然的生态审美关系为基本出发点,包含人与自然、社会以及人自身的生态审美关系,是一种包含着生态维度的当代存在论审

---

[1] 党圣元:《新世纪中国生态批评与生态美学的发展及其问题域》,载《中国社会科学院研究生院学报》,2010年第3期,第122页。

[2] 党圣元:《新世纪中国生态批评与生态美学的发展及其问题域》,载《中国社会科学院研究生院学报》,2010年第3期,第122页。

[3] 鲁枢元:《20世纪中国生态文艺学研究概况》,载《文艺理论研究》,2008年第6期,第132页。

美观①。

作为一种新兴理论，需要不断实践才能够获得发展和完善。回顾近几十年来的生态美学发展时，曾繁仁指出，尽管我国生态美学研究取得了很大成绩，但仍存在许多问题，同发达国家相比还有不小的差距。从理论水平来看，不论在广度还是在深度上，尚处于起步阶段；不论是对国外还是国内有关生态审美资源的掌握与研究，都还存在相当不足。与此相应，还没有出现高水平的、具有较高理论阐释力的生态美学论著。特别是对中国传统文化中丰富的生态审美智慧的发掘、整理、研究深度不够。

针对生态美学发展中存在的问题，曾繁仁提出了相应的解决对策：一是对现有的中西方研究成果加以进一步综合提高；二是确立最基本的生态存在论审美观；三是将中西方有关生态审美的智慧交融在一起，进行生态美学范畴建设的思考。在研究方法的运用上，曾繁仁主张"三个坚持"：一是坚持马克思主义历史唯物主义与生态观的理论指引，二是坚持以当代生态整体论与生态存在论为基础的生态哲学观，三是坚持后现代的反思与超越的方法②。

苏州大学的鲁枢元教授是我国生态文艺学研究领域的领军人物。他曾撰文指出，"生态文艺学是选取现代生态学的视野对文学艺术现象进行观察、分析、批评、研究的一门学科，其侧重点在于探讨文学艺术与自然的关系"。作为一门学科，生态文艺学开始于 20 世纪 90 年代的美国，它同时也是一种新的理论思潮与批评方法，是日益严峻的生态困

---

① 党圣元：《新世纪中国生态批评与生态美学的发展及其问题域》，载《中国社会科学院研究生院学报》，2010 年第 3 期，第 123 页。

② 曾繁仁：《论我国新时期生态美学的产生与发展》，载陕西师范大学学报（哲学社会科学版），2009 年第 2 期，第 76，77，78 页。

境、日益高涨的生态运动在文学艺术领域的反映。同时，鲁枢元还致力于对我国生态文艺学建设的评介。他认为，我国的生态文艺学建设在20世纪的最后20年已经启动并取得初步成效，生态文艺学在国内的兴起并非完全依靠西方的输入，在很大程度上是"在中国本土传统文化底蕴的基础上自发萌生的，并且与西方生态批评的兴起大抵同步"①。

鲁枢元还对国内生态文艺学研究中呈现出的取向进行了概括总结，并提出了以下三种取向。

第一种取向是受生态哲学的启示，将文学艺术活动置于"自然-社会-文化"的生态大系统之中，用生态思维考察文艺的本体特性、生态本源、生态功能和生成规律，试图建构一种能够体现生态综合精神和生态价值观念的文艺观，并提出生成本体论、人本生态观等新理念。曾永成的《文艺的绿色之思——文艺生态学引论》（2000年）一书是这一研究取向的代表作。该书探讨了文艺审美活动的生态功能、社会主义市场经济与文艺生态等问题。

第二种取向是运用生态学的世界观对自然与人的关系进行重新审视。该取向认为，自然生态的恶化有其深刻的人文领域的根源，重整破碎的自然与重建衰败的人文精神是一致的；强调文学既是人学，也是人与自然的关系学、人类的精神生态学。鲁枢元在20世纪90年代发表的一系列论文及其专著《生态文艺学》（2000年）是这一研究取向的代表作品。

第三种取向是从中国古代文论中发掘东方生态文艺思想，追溯中国文化传统中的自然精神，试图构建中国人自己的生态诗学。其中较早发表的文章，有高翔关于魏晋南北朝、明代文艺生态思想的研究，王启

---

① 党圣元：《新世纪中国生态批评与生态美学的发展及其问题域》，载《中国社会科学院研究生院学报》，2010年第3期，第132，134页。

忠、江溶等关于中国古代小说生态文化意识、山水诗审美意义等的研究。20世纪90年代后期，张晧对这一取向进行了系统研究，他的专著《中国文艺生态思想研究》（2002年）是这一取向的代表作①。

可见，与专注于西方生态批评理论和生态文学作品的学者不同，生态美学和生态文艺界的学者更多地回望中国古代哲学和思想，挖掘其中蕴含的生态智慧，这就使得扎根于本土文化的中国生态批评研究具有了更加厚实有力的思想基础。

国内学者除潜心研究、著书立说之外，还通过"走出去学习，请进来探讨"的方式，不断加强与西方学者的交流。国际生态批评界的知名学者频繁地被邀请到中国各大院校讲学或举办讲座，邀请国外学者参加的高规格国际会议也相继召开。这些学术活动力图为国内生态批评研究的完善和生态批评理论的建构提供策略，破除因中西方生态批评理论发展节奏不协调而造成的交流障碍，从而为中西方生态批评研究的平等交流和对话开辟道路。

虽然近年来我国的生态批评研究发展势头迅猛，但与西方发达国家相比还存在较大的差距，胡志红将差距的主要表现归结为以下几个方面：一是缺乏自觉的比较文学学科意识，即跨学科、跨文化乃至跨文明意识；二是所运用的理论比较单一；三是对中国传统文化资源的阐释存在简单化的倾向；四是对女性压迫与环境退化（或从更为广泛的意义上说，是"对性别压迫与环境退化"）之间的关系的研究还远未深入展开；五是理论明显滞后；等等。他指出，以上几方面差距制约了中国生态批评的发展，使得中国的生态批评"徘徊于人类中心主义/生态中心主义的二元对立困境中，一直处于学术的边缘"。如果这种状况不尽

---

① 鲁枢元：《20世纪中国生态文艺学研究概况》，载《文艺理论研究》2008年第6期，第133页。

快得到改善，则中国的生态批评将被"淹没在生态文明的'洪流'之中，而失去其独特的学术批判锋芒与文化建构力量"①。

马治军撰文指出，经过20余年的发展，中国的生态文学批评虽然取得了令人瞩目的成就，但是还存在着诸多不足和需要修正之处，主要表现为精神资源的庞杂和批评话语的空泛、哲学根基的薄弱和终极追问的乏力、批评方法的单调和切入路径的因袭、文本细读的不足和审美体验的隔膜、典型文本的稀缺和批评视野的狭窄、批评主流的漠视与批评力量的不足等。与此同时，针对中国生态文学批评的现状，他还给出了相应的修正建议：理论界应当进一步梳理研究中西方生态精神的资源，确立符合中国发展实际的生态理论基点，注重传统生态智慧的现代性转换，拓展生态批评的国际化视野，提出具有中国特色的生态批评话语，促进人类与自然的和谐共荣，为建设人类生态文明做出贡献②。

尽管我国的生态批评研究还存在这样或那样的不足与局限，但不能否认的是，在人类行为与环境治理关系紧密、国际生态批评领域发展态势良好的双重现实背景下，中国的生态批评研究正在不断向前推进，尤其是具有中国自身特色、与生态美学和生态文艺学交融之生态批评的良好发展势头更是不容忽视。

在全球化背景下，生态批评经过"理论的旅行"来到中国后，通过与我们的古代哲学思想碰撞而具有了本土化特征，并由此焕发了我国古代哲学思想的"绿色新生"。王宁指出，如果说生态批评是作为对现代性带来的各种问题的一种批判性回应而产生于西方的话，那么其的确可以被看作是从西方翻译或引进的概念。但不可否认的是，中国的优秀

---

① 胡志红：《西方生态批评史》，北京：人民出版社，2015年，第373页。
② 马治军：《中国生态批评的偏误与修正》，载《当代文坛》，2012年第5期，第53页。

传统文化（如老子和庄子的道家哲学）中蕴含着丰富的生态资源，这为生态批评在中国的蓬勃发展提供了丰厚的理论资源，可促进中国形成独特的生态批评理论。

换言之，虽然生态批评这一概念引自西方，但中国的生态批评理论却并非完全从西方引进，而是有自己的历史和文化资源。"'自然'与'人文'，在中国古代思想史中都是很早出现并拥有丰富内涵与很高地位的两个命题"①。我国古人把自然看作一个包括人类自己在内的"混沌化一"的整体，人的身体是自然的一部分。从《尚书》、《周易》、《礼记》到《老子》、《论语》、《庄子》，几乎所有先秦典籍中都有对天人关系的描述，正如《老子》中所说："人法地，地法天，天法道，道法自然。"

可见，在中国的文化传统中，已经确立了自然与人平等共存的关系，中国人从很早起就将人类与自然视为一个有机整体，中国古代文明也由此成为现代生态文化建设的资源和宝藏。"先秦不仅是中国古典文明发生的肇端，而且是孕育中国生态文化坯胎的土壤。"② 有了这样的土壤，中华民族虽然历经岁月的更迭，但是敬天礼地、人与天地自然彼此交融的生态文化理念从未消失，这些在中国传统的文学艺术形式中也都有充分的体现。"在中华民族的文化气象里……于唐代以来，不论是继承了《诗经》、《楚辞》、汉乐府、魏晋山水诗传统的田园诗、边塞诗，还是作为集大成者而出现的书法、绘画、歌舞，从中都可见到其磅礴氤氲的生态气质。"③ 由此可见，不只是中国古代的哲学思想中有着丰厚的生态资源，在中华文化的各种艺术形式中也都有生态气质的体

---

① 鲁枢元：《自然与人文》，上海：学林出版社，2006年，第3页。
② 鲁枢元：《自然与人文》，上海：学林出版社，2006年，第3页。
③ 鲁枢元：《自然与人文》，上海：学林出版社，2006年，第4页。

现。因此，中国的生态理论研究者应该具有这种文化自信，应该在借鉴西方先进理论的同时充分相信：中华民族悠久的生态文化历史和丰富的生态思想资源能够成为中国现代生态批评话语建构的基石，进而构建适合我国国情、体现我国文化特点的生态批评理论。

  生态批评的根本任务，不仅是唤醒人类的生态保护意识，而且要重新铸就一种生态文明时代的生态人文精神，从而建立起一个人与自然和谐相处、物种平等、生态平衡的社会，以实现可持续发展。这就要求生态批评必须向跨学科、跨文化乃至跨文明的趋势发展，形成多元性的生态文化。具有生态型文化特质的中国传统文化经过现代文化的吸收和转换，必将成为多元生态文化中的重要组成。这就要求我国的生态批评界积极主动地参与生态话语的建构，建构起具有中国特色的生态批评话语模式、学科理论。在建构生态批评话语理论的过程中，既要借鉴西方优秀思想，也要立足我国自身的文化资源，在对话与交流的过程中建构具有中国特色的生态批评理论，推动中国生态批评事业的发展。这样，中国的生态批评就可以兼具全球共识和本土特色，进而走向世界，与国际学界平等对话，共同为构建全球生态文明做出贡献。

第三章 美国自然文学的建设性后现代主义特征

后现代主义哲学最初是以否定现代哲学的形象出现的,因此早期的后现代主义哲学常常被称为"激进的后现代主义哲学"。激进的后现代主义哲学从否定物质与精神、主体与客体之对立统一关系的前提出发,拒斥"形而上学"(本体论),反对基要主义(该主义强调恪守基督教基本信仰)、本质主义、理性主义,宣扬所谓的不可通约性、不确定性、易逝性、碎片性、零散化等,最终形成了以推崇主观性、内在性和相对性为特征的唯心主义和形而上学①。

建设性后现代主义哲学(以下简称"建设性后现代主义")作为后现代主义哲学中的一个重要流派,是在回应激进的后现代主义哲学过程中产生的。以美国学者格里芬(Griffin)为代表的建设性后现代主义哲学家们,对现代文化抱有否定的态度,但这种否定并非要将现代文化

---

① 赵光武:《后现代主义哲学述评》,北京:西苑出版社,2000年,"导论",第1—2页。

完全摧毁和彻底根除，而是主张通过对现代性的批判和反思，实现对现代性的超越，从而确立一种全新的世界观。建设性后现代主义反对以 17 世纪伽利略（Galilei）、笛卡尔、培根（Bacon）、牛顿（Newton）等的自然科学为基础的世界观，其建设性特征主张超越这种世界观，而不是"解构、摧毁、否定、反世界观"①，这与欧洲大陆后现代哲学在反对启蒙运动以来的现代价值观时的立场相一致，即倡导超越现代性——超越个人主义、人类中心主义、机械论等现代社会中普遍存在的观念，主张重建人与自然的关系。

在人与世界的关系上，建设性后现代主义认为，人与世界不是彼此分离、由互不相关的部分组成的，如果这样人就会成为孤立的人。这一主张消除了现代性视野之中人与世界的对立。建设性后现代主义认为，如果我们重新审视世界，就会看到世界也和人类一样具有某种秩序，这样我们就能感觉到自己与世界乃是一个整体，会对其怀有发自内心的爱，也将不再为了自己的利益而试图操纵世界。由此，建设性后现代主义便改变了世界的形象："世界既不是一个有待挖掘的资源库，也不是一个避之不及的荒原，而是一个有待照料、关心、收获和爱护的大花园。"②可见，建设性后现代主义超越了人类中心主义、重建人与自然新关系等主张，而与美国自然文学蕴含的理念不谋而合。

自然文学是美国文学中独具特色的流派，它萌芽于清教徒登陆北美大陆之时，成型于超验主义时期，自 19 世纪以来不断发展兴盛。尤其是在工业文明造成的环境恶化、人与自然关系紧张等现实问题非常突出的现当代，自然文学更具有了唤醒人类与地球重建和谐共存关系意识的新使命，从而焕发出新的生命力。

---

① 赵光武：《后现代主义哲学述评》，北京：西苑出版社，2000 年，第 95 页。
② 赵光武：《后现代主义哲学述评》，北京：西苑出版社，2000 年，第 8—10 页。

自然文学作为一个产生于现代的概念，自 20 世纪 80 年代起成为一个被广泛使用的名称，主要指一种关于人与自然的、非小说散文体的文学形式。自然文学属于非小说的散文文学，主要以散文、日记等形式思索人类与自然的关系。简言之，"自然文学最典型的表达方式是以第一人称为主，以写实的方式来描述作者由文明世界走进自然环境时身体和精神的体验"①，以及个人对自然的观察和哲学思考。《这片举世无双的土地：美国自然文学文选》的编者莱昂指出，自然文学包括自然史、随笔、散记、游记等，涵盖了从自然历史事实到哲学阐释等的各种作品。

现代自然文学可以追溯到流行于 18 世纪后半叶和整个 19 世纪的自然史著作，包括怀特（此处指吉尔伯特·怀特）、巴特姆、阿杜邦（Audubon）、达尔文等以及相关探险家的著作。梭罗被认为是现代美国自然文学之父，其他自然文学经典作家还包括爱默生、巴勒斯、缪尔、利奥波德、卡森、艾比等。自然文学充分体现了浪漫主义和超验主义的传统，赞美自然，唾弃物欲主义，追求精神的崇高。自然文学通过讲述人与土地的故事，力图构建人与自然之间的和谐共存关系。自然文学破除了文学中常以人类为中心的观念，提出了倡导人类与自然和谐共处的大地伦理。

本章旨在探讨建设性后现代主义视角下美国自然文学对人类中心主义等传统观念的超越，以及建构人与自然由对抗到妥协再到平衡的新型关系的努力。因此，接下来有必要先梳理一下建设性后现代主义的理论脉络。

---

① 程虹：《美国自然文学三十讲》，北京：外语教学与研究出版社，2013 年，第 2 页。

第三章 美国自然文学的建设性后现代主义特征

第一节 建设性后现代主义的超越性与建设性

一、建设性后现代主义的超越性

哈贝马斯（Habermas）等最具影响力的现代性理论家将启蒙运动时期视为现代性精神得到真正确立的时代。他们认为，"现代性"是用来指称社会现代化和文化现代主义背后所共有的哲学或形而上学的基础理念，是一种精神的或意识形态的力量，即现代性是一种精神理念或思想形态[①]。解构性后现代主义和建设性后现代主义都对现代性进行了批判性反思。从人与自然的关系角度来看，其主要批判现代性在人与自然的关系中所强调的二元论观点。现代性关于人类心灵和自然的二元论观点主要表现为"把意识自我运动和内在价值仅归结为人类灵魂的属性，并以此证明人对自然的优越性"[②]。现代性的二元论与个人主义密不可分，现代性精神接受了机械主义的自然观，认为人的灵魂和思想是独立的实体，认为人与自然是两个相互独立的实体，且自然界是没有知觉的。

格里芬指出，"几乎所有现代性的解释者都强调个人主义的中心地位，而个人主义意味着否认人本身与其他事物有内在的关系"[③]。这表明，个人主义不承认个体与其他人的关系，也否定个体与自然、个体与历史或者个体与造物主之间的关系。现代性不是把社会当成最重要的部

[①] 张华：《生态美学及其在当代中国的建构》，北京：中华书局，2006年，第27页。
[②] 赵光武：《后现代主义哲学述评》，北京：西苑出版社，2000年，第97页。
[③] 赵光武：《后现代主义哲学述评》，北京：西苑出版社，2000年，第4页。

分，而是把社会当作为达到某种目的而集结在一起的共同体，进而强调个人独立于他人的重要性。后现代主义则认为，"个人主义已成为现代社会中各种问题的根源……对'自我'的强调往往是以歪曲、蔑视、贬低他人为条件的，其结果是导致人我对立"[1]。因此，在人与人的关系上，后现代主义批判激进的个人主义，通过倡导主体间性来消除人我对立。后现代主义认为，每个人都不是孤立的存在，而是永远存在于和他人的关系网中，因此，人是一种关系的存在。

现代性在人与自然的关系中倡导二元论的观点，因而，"它为现代性肆意统治和掠夺自然（包括其他所有种类的生命）的欲望提供了意识形态上的理由。这种统治、征服、控制、支配自然的欲望是所谓的现代精神的中心特征之一"[2]。建设性后现代主义则是一种有机哲学，它超越了现代性的二元论和功利主义。持有建设性后现代主义观念的人认为，其他物种也具有其自身的价值和目的，也能体验到自己同其他物种之间的亲情关系，因此，"它们并不感到自己是栖身于充满敌意和冷漠的自然之中的异乡人，而是拥有一种家园感"[3]。于是，"借助这种家园感和亲情感，建设性后现代主义用在交往中获得享受和顺其自然的态度驱除了现代人的统治欲和占有欲"[4]。这种与自然融为一体的后现代理念，把对人的福祉的关注与对生态的关爱融为一体。

在与时间的关系上，现代性蔑视过去和传统，认为现代性带来了"启蒙"，过去则是"黑暗的时代"。现代性强调未来主义，这是一种"几乎完全从对将来而不是对过去的关系中寻找现在的意义的倾向"[5]。

---

[1] 赵光武：《后现代主义哲学述评》，北京：西苑出版社，2000年，第10页。
[2] 赵光武：《后现代主义哲学述评》，北京：西苑出版社，2000年，第5页。
[3] 赵光武：《后现代主义哲学述评》，北京：西苑出版社，2000年，第22页。
[4] 赵光武：《后现代主义哲学述评》，北京：西苑出版社，2000年，第22页。
[5] 赵光武：《后现代主义哲学述评》，北京：西苑出版社，2000年，第6页。

这意味着,"对过去持一种遗忘的、漠不关心的态度,割断了与过去的联系,沉醉于对新颖性的追求"①。在与时间的关系上,现代性的观点通过对未来的强调使人们脱离过去,但同时也弱化了人们对未来的关注,而只将关注点集中于当下。

建设性后现代主义则主张与过去和未来都建立起某种新型关系,从而重新唤醒人们对过去的关注。建设性后现代主义认为,当下的经验和知识在某些方面和某种程度上包含了整个过去的经验和知识,而过去的经验和知识对于人的自我认识是非常重要的。另外,建设性后现代主义还重视立足未来的利益来考察现在做法的合理性。现代性主张,未来与现在不存在内在关联,个体的利益不会超出自己有限的生命之外。建设性后现代主义则认为,当下的某些事物的确与未来相关,未来也必定产生于现在,"展望未来对目前的存在具有重大的建设性意义"②。这样,建设性后现代主义就超越了现代性所强调的个人主义,即运用联系的观点,将人与人、人与自然和人与时间的关系从整体角度加以考量,消解了个人主义的自我中心地位、人与自然的二元对立以及人与时间关系上的不完整性,从而为确立一种相互联系的新型关系奠定了基础。

二、建设性后现代主义的建设性

与激进的后现代主义之否定和解构的特点相对的,是建设性后现代主义所具有的肯定和建设性的内涵。在对激进的后现代主义哲学的回应过程中,格里芬、科布(Cobb)等持有建设性后现代主义观点的哲学家,从怀特海(Whitehead)的过程哲学中寻找理论基础。他们认为,过程将过去、现在和未来联结起来,过程最为根本,它是外在和内在的

---

① 赵光武:《后现代主义哲学述评》,北京:西苑出版社,2000年,第6页。
② 赵光武:《后现代主义哲学述评》,北京:西苑出版社,2000年,第25页。

统一，是客观条件和主观感受的结合；过程表现为外在客观条件的转变和共生，即暂时性的现实条件的转变和永恒性的具体事件的共生。因此，"在实现个体共生的瞬间，过程的每一个单位都享有某种主观的直接性，都具有其自身的内在价值"①。建设性后现代主义哲学继承并发扬了过程哲学的核心观点，提出了内在关系说、生态的世界观等后现代理论。

格里芬认为，与文学艺术的后现代主义密切相关的是这样的后现代主义，其发端于实用主义、物理主义，发端于维特根斯坦（Wittgenstein）、海德格尔、德里达（Derrida）以及其他一些思想家……它以一种反世界观的方法战胜了现代世界观：解构或消除了现代世界观中不可或缺的成分，如上帝、自我、目的、意义、现实世界以及一致真理等。出于拒斥极权主义体系之道德上的考虑，这种类型的后现代思想有时会导致相对主义甚至虚无主义②。

建设性后现代主义则不同，"它试图战胜现代世界观，但不是通过消除上述世界观本身存在的可能性的做法，而是通过对现代性之前提和传统概念的修正来建构一种后现代世界观。建设性（或修正的）后现代主义是一种科学的、道德的、美学的、宗教的和直觉的新体系。它并不反对科学本身，而是反对那种仅仅允许现代自然科学数据来建构我们世界观的科学主义"③。

此外，建设性后现代主义通过将现代的价值观与前现代的价值观相结合，创造性地提出了有机论，希望恢复前现代思想中仍有价值但却被

---

① 赵光武：《后现代主义哲学述评》，北京：西苑出版社，2000年，第96页。
② 格里芬：《后现代精神》，王成兵译，北京：中央编译出版社，2005年，第236页。
③ 格里芬：《后现代精神》，王成兵译，北京：中央编译出版社，2005年，第237页。

现代性屏弃的价值观。由此可见，建设性后现代主义的主要特征是：倡导创造性，倡导多元的思维风格，倡导对世界的关心和爱护。

第一，倡导创造性。在格里芬看来，"创造性是人性的一个基本方面，从根本上说，我们是'创造性'的存在物，每个人都体现了创造性的能量，人类作为整体显然最大限度地体现了这种创造性的能量（至少在我们这个星球上是如此）"①。格里芬认为，我们需要从他人那里得到创造性的付出，也需要为他人做出创造性的贡献，这是人类本性的基本需要。当然，建设性后现代主义思想家所倡导的"创造"与持现代性观念者的"创造"完全不同。

首先，许多持现代性观念者受机械论的影响，认为创造是机械的；也有一些受浪漫主义影响的持现代性观念者，将创造理解为随心所欲的行为和对秩序的破坏。但是，在建设性后现代主义思想家眼里，秩序是有限度的，真正的创造对适度的有序和无序都持接受的态度，也就是说创造既尊重无序又尊重有序。

其次，持现代性观念者往往将创造特权化，认为创造是天才、艺术家等少数人的事；建设性后现代主义思想家则认为创造性也应该是普通民众的特性，主张"通过阐发创造是人的'天性'来激发普通民众的创造热情"②。

第二，倡导多元的思维风格。建设性后现代主义思想家信奉平等原则，主张屏弃一切歧视，平等对待一切有区别的事物，"接收和接受一切差异"③。受本体论之平等观念的影响，倡导多元论的建设性后现代主义思想家认为，任何存在的东西，不论其伟大还是平凡，都是真实

---

① 格里芬：《后现代精神》，王成兵译，北京：中央编译出版社，2005年，第4页。
② 格里芬：《后现代精神》，王成兵译，北京：中央编译出版社，2005年，第5页。
③ 格里芬：《后现代精神》，王成兵译，北京：中央编译出版社，2005年，第7页。

的。可见,建设性后现代主义主张消解任何歧视与不平等,并主张通过对多元的倡导和鼓励来实现主体间平等共存的可能性。

第三,倡导世界的关心和爱护。对此,格里芬引用福柯(Foucault)的观点指出,福柯极为重视被基督教和传统哲学蔑视的"好奇心"。福柯认为,针对现代人对世界的态度冷漠、感觉迟钝,好奇心能够唤起人们对各种事物的"关心",可以使人们对现实敏感,这种好奇可以让人们更加关注和爱护身处其中的世界。

格里芬等人倡导的建设性后现代主义深受福柯观点的影响,他们吸收了福柯的观点并加以发扬。格里芬指出,他所倡导的建设性后现代主义有以下三个特点:

其一,建设性后现代主义强调内在联系,认为个人与他人、他物的关系是内在的、本质性的,这与现代性将个人与他人、他物的关系视为外在的、偶然的完全不同。格里芬指出:"个体并非生来就是一个具有各种属性的自足的实体,他(她)只是借助这些属性同其他事物发生表面上的相互作用,而这些事物并不影响他(她)的本质。相反,个体与其躯体的关系、与较广阔的自然环境的关系、与其家庭的关系、与文化的关系等,都是个人身份的构成性的东西。"[①]

其二,持二元论观点的现代人与自然的关系是一种对立的、异化的关系。与之不同,持建设性后现代主义观点者倡导有机论,这有助于改变某些现代人的机械论世界观,进而改变其利用自然、剥削自然、占有自然的心态。

其三,建设性后现代主义倡导一种关心过去和未来的崭新的时间观。不忘过去、关注未来这一理念充分体现在建设性后现代主义所崇尚

---

① 格里芬:《后现代精神》,王成兵译,北京:中央编译出版社,2005年,第9页。

的"生态主义"和"绿色运动"中。同时，建设性后现代主义所倡导的"内在关系""有机论"等理论在生态运动中也得到了具体体现，并为生态运动提供了哲学的、思想的基础。生态运动的出现使人们认识到一切事物都是彼此联系的，因此在与自然的相处中，人类应当与之保持和谐的关系。生态运动的文学形态包括生态批评的诞生与发展。其中，生态批评的第一次浪潮便是以非虚构的自然文学为主要研究对象而开始的。此后，生态批评又经历了三次浪潮，对自然文学的研究却从来没有式微。

第二节 美国自然文学的超越性：超越人类中心主义

将精神与物质、自我与环境、人类与自然相分离的西方文明极大地影响着美国历史。基督教关于"人是特殊的创造"的观念以及亚里士多德关于"人的理性是人类特有"的观点促成了个人主义及其集体形式——人类中心主义的形成。这一在西方起着主导作用的世界观，也在美国的文化语境中产生了深刻的影响：个人主义激发了人们不断开发土地的行为，却忽视了生态系统是一个相互依存的整体。其结果是，美洲原住民的大片土地被征用，许多家园被毁灭，大量动植物遭到灭绝。

在这样的历史背景下，许多博物学家和自然文学家将关注点投向自我、个体和人类之外的世界。他们意识到了人类中心主义的危害，在自然文学作品中随处可见这样的观点：应当超越人类中心主义，自然界中的万物都有其自身存在的价值；应当秉持所有生命生而平等、彼此相联系的整体思想。

一、人类中心主义的根源及危害

宗法时代，以人为主体的伦理道德、经济秩序将人与自然置于利用与被利用、征服与被征服的二元对立关系之中,其后果便是人类中心主义造成了对自然环境的破坏。布伊尔在《环境批评的未来》一书的"术语表"中给人类中心主义(anthropocentrism)做了这样的解释:"(人类中心主义)认为人类利益高于非人类利益的设想或观点,经常被用作生物中心主义或生态中心主义的反义词。人类中心主义涉及众多潜在的立场——从认为人类利益应当占上风的肯定性信念(强人类中心主义),到认为零度人类中心主义不可行或不恰当的信念(弱人类中心主义)。"[1]

国内学者雷毅在总结了生态哲学家们对人类中心主义之具体内涵的种种不同看法后,明确指出"人类中心主义把人作为宇宙的中心,把人看成是自然界中唯一具有内在价值的存在物,是一切价值的尺度,自然及其存在物不具有内在价值而只具有工具价值"[2]。因此,人类的种种行为都是从人自身利益出发的,在伦理的层面上来说人对自然界没有直接的道德义务。就这样,人类中心主义将自然界排除在人类的道德关怀之外。

人类中心主义文化传统的形成主要有两大源头:基督教思想和西方哲学。美国历史学家怀特(此处指小林恩·怀特)在《我们生态危机的历史根源》一文中指出,基督教是当代生态危机的根源,对当代生态危机负有罪责。怀特认为,人类能够大规模地破坏自然,应归因于中世纪以来科学技术的快速发展,这些发展受到基督教文化的深刻影响。他认为,西方基督教是"世界上人类中心主义思想最严重的宗教"[3],这种人类中心主义使得人类漠视自然存在的内在价值,无限度地剥削和

---

[1] Lawrence Buell, *The Future of Environmental Criticism*: *Environmental Crisis and Literary Imagination*, Malden: Blackwell Publishing, 2005, p. 134.

[2] 雷毅:《深层生态学思想研究》,北京:清华大学出版社,2001年,第15页。

[3] Cheryll Glotfelty & Harold Fromm, eds., *The Eco-criticism Reader*, Athens: University of Georgia Press, 1996, p. 9.

利用自然。人类对待生态环境的方式深深地植根于我们对自然和命运的信念（即宗教）中。在基督教的神学中，"自然除了服务人类以外，就没有别的理由存在"①，而"基督教对'异教'的胜利是西方文化历史上最大的心理革命"②。

时至今日，虽然处于"后基督时代"（the post-Christian age）的西方人的思维方式和语言已不完全是基督教的，但是他们仍然生活在一个巨大的"基督教公理影响下的语境中"（a context of Christian axioms）。关于人与环境的关系，基督教告诉人们的是，上帝创造了白天和黑夜、日月和星辰以及地球和生长于其上的所有动植物，最后又创造了人类。人类为所有的动物命名，因此取得了对动物的主宰权。自然中的一切都是服务于人类的利益和统治而存在的。虽然人的身体是泥土做的，但其却并非自然的一部分，因为人是根据上帝的形象创造出来的。

可见，基督教不仅建立了人与自然之间的二元对立，将人类高高凌驾于自然之上，成为自然的主宰和盘剥者，而且认为人类剥削、利用自然是上帝的意志。就这样，基督就确立了以人类为中心的人与自然关系的合法地位。在古代，人们认为每一棵树、每一眼泉水、每一条溪流、每一座山丘都有自己的守护精灵，它们可以被人类感知到。人们在砍倒一棵树，开掘一座矿山，或是在河流上建造大坝时，都要用心抚慰守护这些地方的精灵。然而，通过摧毁所谓异教的泛灵论，基督教使人们在剥削、利用自然时得以漠视自然的存在和感受。通常，人们认为取泛灵论而代之的是教堂中圣徒的狂热崇拜。但是，圣徒的狂热崇拜完全不同

---

① 胡志红：《西方生态批评研究》，北京：中国社会科学出版社，2006年，第48—49页。

② Cheryll Glotfelty & Harold Fromm, eds., *The Eco-criticism Reader*, Athens: University of Georgia Press, 1996, p. 9.

于具有泛灵论信仰的人对万物守护精灵的尊敬。圣徒并不属于自然界，而是属于天堂；同时，他们还属于人类，可以用人类的方式来对待自然。就这样，自然界中保护各种生命和资源免受人类摧残、滥采的守护精灵消失了，人类也因此加强了对世界的掌控。

"如果说基督教中的人类中心主义是信仰的人类中心主义，那么西方哲学中的人类中心主义则把基督教所确立的人类中心主义观念理性化了。"① 人类中心主义观念在西方哲学上的根源可以追溯到古希腊。从柏拉图时代开始，西方就将客观存在的自然界与人类的理念世界相分离，使之成为彼此对立的两个世界，并形成了物质与精神、理性与感性等二元对立的思维模式和文化传统。

及至近代，西方哲学家培根和笛卡尔等则将自然完全物质化，将人类与自然彻底分离，使自然成为"与人类相对立的一个客观世界，一种为人类提供福利的资源，一架遵循所谓客观规律运转的机器"②。例如，培根提出了一个通过科学手段和人类管理即可变得丰饶的世界——人造乐园，在那里人类将恢复一种尊贵和崇高的地位，并获得高于一切其他动物的权利。为此培根宣称，应"将人类帝国的界限扩大到一切可能影响到的事物"。他认为："世界为人服务，而不是人为世界服务。"③ 笛卡尔认为，人与动物以及自然界中其他存在物的区别在于人具有理性和语言能力，动物则由于缺乏这种能力而只能被看作是自动机器，人对动物和自然没有义务，除非人自身出了状况。康德进一步发挥了笛卡尔的思想，声称只有理性的人才应受到道德的关怀。就这样，西

---

① 雷毅：《深层生态学思想研究》，北京：清华大学出版社，2001年，第17页。
② 鲁枢元：《自然与人文》，上海：学林出版社，2006年，第3页。
③ 沃斯特：《自然的经济体系：生态思想史》，侯文蕙译，北京：商务印书馆，2007年，第51页。

方近代哲学使人类中心主义思想在观念上被确立下来。

自从人类中心主义思想在近代西方得到空前张扬，并在西方思想界居于主导地位以来，其明显的危害之一就是造成自然生态危机。以自我为中心、自以为是的人类随心所欲地对自然加以控制、干预，导致自然规律被破坏。正如美国作家艾比在其自然文学经典作品《大漠孤行》中记录下的他在公园中巡视时看到的情况：这一带（指公园中的一处）生长的平阳松（pinyon pine）也值得赞美，它在好年景产出可以吃的果实，它的样子很好看，它还是很棒的燃料——燃烧得既干净又缓慢，煤烟少、煤灰少，燃烧时的气味几乎和松柏的气味一样好闻。可惜，这个地区的平阳松多数已经死亡或即将死亡，其原因是它们成为豪猪的受害者。这种情形的出现，是先前叫作野生动物服务站的联邦机构"认真、努力"的结果。这个机构成天忙着捕捉、射杀、毒死野生动物，尤其是几乎消灭了豪猪的天敌——郊狼和山狮。所以，这些机构里的所谓野生动物专家使得豪猪的数量得以快速增长，其结果是越来越多的豪猪无处觅食，不得不啃咬平阳松的树皮来生存。和豪猪一样，鹿也成为人类干预自然规律的受害者。由于周围没有足够的郊狼，山狮也几近灭绝，于是鹿像兔子一样激增，周边的草很快会被它们吃光，这意味着每年会有许多鹿慢慢地饿死①。在书中，艾比指出：自大而又无知的人类无视自然规律，自作主张地对自然横加干涉，其结果是增加了大自然的负担，破坏了自然界的平衡。

可见，脱离自然整体的人类中心主义是造成持续至今的生态危机的主要思想根源，同时科学技术的发展又对此起到了推波助澜的作用。海德格尔认为，技术是当代生态危机的根源，进入近代以后，人与自然就

---

① Edward Abbey, *Desert Solitaire: A Season in the Wilderness*, New York: Ballantine Book, 1971, p. 32-34.

不得不接受近现代技术的本质——座架①的奴役。在海德格尔看来，技术已成为统治自然和人类的工具。他指出，古希腊最初意义上的自然曾经两次被敌对的力量"去自然化"，一次是自然被基督教贬低为创造物；另一次是经由现代自然科学，自然被纳入世界商业化、工业化，尤其是机械技术的数学秩序轨道中。海德格尔认为，技术的真正的威胁是对人的异化，"机器和技术设备对人的最大威胁其实并不是它们会杀人，而是会危害人的本质。技术座架规则的最大威胁是，它有可能剥夺人进入一个更原初的呈现状态的机会和体验终极真理召唤的权利"②。

当然，海德格尔也并不完全拒斥技术，因为在他看来，技术的实质并非技术本身，所以我们必须像对待科学领域中的技术那样，对其他领域中的技术进行反思。没有技术我们将无所作为（毕竟技术已成为我们的重要存在方式），但技术不应是我们唯一的存在方式。对于那些不可避免、必须使用的技术，我们可以说"是"；同时也要视情况对其说"不"，以防止它们歪曲、扰乱、毁坏我们的本性③。

综上，我们对生态环境的所作所为取决于我们对人与自然关系的理解。此外，全球环境所遭受的破坏，又在很大程度上是因为人类对科技的过分依赖而造成的。实际上，对科技的过分依赖并不能使我们摆脱生态危机，除非我们找到一个新的宗教或重新思考已有的宗教，反对那种"自然只是为了服务人类而存在"的基督教公理，并重新确立人与自然的关系，否则我们的环境危机将进一步加剧。

---

① "技术的本质——座架"这一概念由海德格尔提出，用以展现现代社会中人与自然、人与自然的本质在技术的异化下消失殆尽、日益成为技术的奴隶这一现象。

② J. W. Meeker, *The Comedy of Survival: Studies in Literature Ecology*, New York: Charles Scribner's Sons, 1972, p. 256–257.

③ J. W. Meeker, *The Comedy of Survival: Studies in Literature Ecology*, New York: Charles Scribner's Sons, 1972, p. 257–258.

二、所有生命生来平等

挪威哲学家奈斯指出,深层生态学的一个基本准则就是:每一种生命形式都拥有生存和发展的权利。深层生态学把平等的范围扩大到整个生物圈,其所指向的是生态中心意义上的平等。生态中心主义的平等是指,"生物圈中的一切存在物都有生存、繁衍和充分展现其自身特点以及在'自我实现'中实现自我的权利"①。也就是说,在生态系统中,一切生命体都具有其内在的目的性和自身的内在价值,一切存在物都没有等级差别,都处于平等的地位;在整个生态关系中,人类也是所有物种中的普通一员,并不比其他物种高贵,当然也不比其他物种低劣。

深层生态主义者认为,生物圈中的一切都具有内在价值,"既然我们认为自己拥有内在价值,且我们自身的存在又与其他存在物密不可分,那么,那些存在物也应当拥有其内在价值"②。可见,生态中心主义平等的基本思想是,生物圈中的所有生物都是作为与整体相关的部分而存在的,因此都具有平等的内在价值。

史怀泽(Schweitzer)则从伦理的视角对一切生命的平等权利进行了论述。1915年9月,史怀泽在去往恩戈莫传教的途中,创造性地提出了"敬畏生命"的伦理学。史怀泽认为,只涉及人对人关系的伦理学是不完整的,也不具有完全的伦理功能。敬畏生命的伦理学与其他伦理学的区别,就在于前者观照的对象不局限于个人、家庭和社会,而是将范围扩大到了生物、自然与宇宙,从而形成了一种敬畏前提下的生命相互依存的共生关系。

---

① 胡志红:《西方生态批评研究》,北京:清华大学出版社,2001年,第41页。
② 雷毅:《深层生态学思想研究》,北京:中国社会科学出版社,2006年,第50页。

梭罗作为19世纪四五十年代超验主义新英格兰派的"无冕之王",假定了超灵魂的存在,并认为人类不过是多样的行星生态系统中一个微小的组成部分。在梭罗看来,所有自然的存在,包括人甚至石头,都是结合在一起的活生生的整体。他说:"我心目中的地球不是一种麻木的惰性的物质,它是一个实体,它有精神,是有机的和在其精神的影响下发生变化的,并且,在我身上无论如何都存在着那种精神的微粒。"① 梭罗在给朋友的信中写道:"如果一些人因为虐待孩子而被指控,那么其他人也应该为蹂躏应受他们照顾的大自然而被指控。"② 梭罗坚信,所有的生物都是平等的。在他的作品中,植物、动物(如臭鼬),乃至行星和星星,都是围绕于这个世界而存在的平等伙伴。

作家艾比在日记中写道:"我真的认为如果人类生命是神圣的,那么所有生命也都是神圣的……"③ "如果地球和动物是有价值的,那么每一个生于地球上的男人和女人、每一个动物都拥有继承地球一部分的权利,即享有对地球上的资源,如空气、海洋、山脉、沙漠和日出等的继承权——这意味着某种社会主义、社会正义、经济民主、去中心化、义务、合作,以及一个空间广阔的联邦。在这个绿色理想国中,所有公民都有足够的空间。"④ 艾比认为,存在的自由和权利属于每一个生命,不论生命以何种形态存在,都平等地享有自然的馈赠和大地的恩泽。

---

① 沃斯特:《自然的经济体系:生态思想史》,侯文蕙译,北京:商务印书馆,2007年,第106页。

② James Bishop Jr. , *Epitaph for a Desert Anarchist, the Life and Legacy of Edward Abbey*, New York: Maxwell Macmillan, 1994, p. 223.

③ David Peterson, ed. , *Confessions of a Barbarian: Selections from the Journals of Edward Abbey*, 1951—1989, Boston: Little, Brown, 1994, p. 337.

④ David Peterson, ed. , *Confessions of a Barbarian: Selections from the Journals of Edward Abbey*, 1951—1989, Boston: Little, Brown, 1994, p. 8.

美国著名自然文学作家贝斯顿在《遥远的房屋》一书中写道:"对于动物,我们人类需要持一种新的、更为明智或许更为神秘的观点。现代文明中的人类远离广博的大自然,靠所谓的"足智多谋"而生存,我们是通过富有知识的有色眼镜来观察动物的。我们以施恩者自居,同情它们投错了胎,地位卑微,命运悲惨。然而,我们恰恰就错在这里,因为动物是不应当由人来衡量的。在一个比我们的生存环境更为古老而复杂的世界里,动物生长进化得完美而精细,它们生来就有我们所失去或从未拥有过的各种灵敏的感官,它们通过我们从未听过的声音来交流。它们不是我们的同胞,也不是我们的下属;在生活与时光的长河中,它们是与我们共同漂泊的别样的种族,被华丽的世界所囚禁,被世俗的劳累所折磨。"[①]

正如艾比和贝斯顿指出的,地球上的一切生命都是神圣的,都有其继续存在的权利,同时也拥有平等享有地球所提供的一切生存资料和适宜的生存环境的权利,因此,人类应该怀着敬畏之心对待其他生命。人类并不是地球的主宰,每一种生命(甚至是每一个生命)都有其与众不同之处,就像自然界中没有完全相同的两片树叶一样,地球上也没有完全相同的两个生命。在大自然面前,没有高低贵贱的等级划分,所有生命都只是地球存在之历史中的一个瞬间,我们与其他生命有幸相遇在一个时空点上,就应该和谐共生。

第三节 美国自然文学的建设性:大地伦理

"对早期自然文学最大的影响就是土地本身。"[②] 美国温和而多样化

[①] 贝斯顿:《遥远的房屋》,程虹译,北京:生活·读书·新知三联书店,2007年,第21页。

[②] Thomas J. Lyon, ed., *This Incomparable Lande: A Book of American Nature Writing*, Boston: Houghton Mifflin Harcourt, 1989, p.16.

的生态系统产生了大量激发自然文学作家描写的场所,如深入北大西洋的科德角吸引了作家贝斯顿,他在此居住了整整一年并写下了《遥远的房屋》;在四季常青的佛罗里达半岛,《旅行笔记》一书的作者巴特姆发现了未被人类开发的天堂。此外,养育了最具野性象征的北美野牛的中部大平原,以及美国西南部沙漠里让人望而却步但又倍感惊喜的广阔空间也吸引了众多自然文学作家,并为此写出了大量的自然文学佳作。自然文学讲述的是人与土地的故事,自然文学经典文本中随处可见作者对生活其上的大地的热爱,处处体现着美国生态学家和环境保护主义先驱、自然文学家、被称为"美国新环境理论创始者"的利奥波德倡导的包括土壤、水、植物和动物在内的大地伦理。

1949年,利奥波德出版了散文集《沙乡年鉴》,这本书是利奥波德对自然的观察日记,是他对自然、土地以及人与土地的关系之观察与思考的成果,反映了生态系统和人类道德之间的内在关系,《大地伦理》是该散文集中最有代表性的一篇。利奥波德倡导一种开放的大地伦理,即"把人类在共同体中以征服者的面目出现的角色,变成这个共同体中平等的一员和公民。它暗含着对每个成员的尊敬,也包括对这个共同体本身的尊敬"[①]。

利奥波德呼吁人们以谦恭的态度对待土地。他本人也致力于寻找一种能够培养人们对土地的责任感的方式,同时希望这种方式能够在政府对土地和野生动物等的态度和管理方面产生积极影响。利奥波德在其文章中对土地的生态功能进行了阐述,希望借此唤起人们对土地的热爱和尊敬,加强人们维护生态共同体健康发展的责任感。利奥波德倡导,我们要培养起对生存其中的自然环境的伦理上的责任感,要"像山一样

[①] 利奥波德:《沙乡年鉴》,侯文蕙译,长春:吉林人民出版社,2000年,第194页。

地思考"，即从人与自然的良好关系和保持土地健康的生态角度来思考，从而培养出一种"生态良心"。他还提出了大地伦理的行为标准："一件事只有当它趋向于保护整个生物圈的完整性、稳定性和美丽时，才是正确的，如果相反则是错误的。"[①] 这一行为标准为人类确立了行动指南，指明了人与生态系统的相互依存关系，即整个生态圈的健康是人类需要关注的问题，我们不能无视生态系统的状况，不能无所作为。

正所谓荒野是美国自然文学繁荣的沃土，自然文学中的大地伦理思想也充分体现在其强烈的荒野意识中。荒野能使人回到更加原始、自然的状态，体验自然带来的自由；荒野既可作为人类逃离所谓的"文明世界"时的避难所，也可让人类意识到自身与地球上其他存在物及其社群的关联。荒野的自身价值使之成为美国自然文学中不可或缺的主题。自然文学是关于人与土地的关系的文学，而荒野指向了地域和精神之双重层面，承载着自然文学的特点和精髓，能够帮助人们正确地认识自然，对待自然，重建指向和谐的人与自然的关系。美国历史学家克若恩（Cronon）指出，荒野可以用来改变人类的傲慢，并且能帮助人类在履行对非人类世界的责任和义务时，构建起更好的伦理规则。

梭罗认为，人们所说的荒野是除了人类之外的一种文明。他指出，我们生存其上的地球不是没有生命和自动力的，而是一个有着内在精神的有机体，它会对所受影响做出相应的反应。地球这一有机体的精神力量也在荒野中有着充分的显现。如果说"存在没有危险的荒野之地"这一论断是错误的，那么"一个更大的真理是，一个没有荒野的世界

[①] 利奥波德：《沙乡年鉴》，侯文蕙译，长春：吉林人民出版社，2000 年，第 221 页。

是生存的危险之地"①。人类可以从荒野之自然意境中获取心理能量，得到心灵慰藉，也可以从自然中获得启示，实现精神升华，更可以经由大自然生发出巨大的想象力。

荒野经历能够对人的精神健康有所贡献这一点，也使精神分析学家弗洛伊德（Freud）逐渐意识到几百万年来荒野生活在人类心理上留下的印记，这印记也深深地烙在人类文明史之中。从心理学的解读来看，人与树林、田野、水是可以相互调和的，即荒野对处于现代社会压抑环境中之人类的心理和精神健康有着积极的疗愈作用。

1836年，爱默生发表了《自然》一文，他在此文中承认自然具有作为物质性物品的基本价值。同时爱默生认为，自然还可以满足人类更高的需求，这主要是指自然可以成为人类想象力的源泉。对此他解释道，"世界上的各种现象都可以被看作是一种精神实质的外在标志，精神和物质是彼此相互反映之等同而和谐的整体"②。

美国环境伦理的先驱之一、集生态哲学之大成者罗尔斯顿（Rolsdon）提出的"自然价值论生态伦理学"，集中体现了他的生态中心主义思想。其中，他的"价值走向荒野"的观点认为，荒野自然界是一个有组织的、可以自动调节的生态系统，它持续地进行着"积极的创造"。荒野创造了人类，而不是人类创造了荒野；荒野不仅是人类生命的摇篮，而且是人类价值的摇篮，荒野比人类文化的历史更为久远和完整，它是人类价值之源。如果没有人类的存在，荒野仍能存在；但是如果没有荒野，人类则无法生存。荒野构成了人类赖以生存之生物共

---

① Cheryll Glotfelty & Harold Fromm, eds., *The Eco-criticism Reader*, Athens: University of Georgia Press, 1996, p.311.

② 沃斯特：《自然的经济体系：生态思想史》，侯文蕙译，北京：商务印书馆，2007年，第135页。

同体的金字塔，因此可以说，荒野在人类文明历程中一直是人类的"根"之所在。

荒野是美国文化的一项基本构成，也是美国的立国之本，不论是从物质层面还是精神层面而言，都是如此。17世纪，当那些清教徒拓荒者们乘坐"五月花"号，远涉重洋来到这"可怕而孤寂"的荒野时，便开启了一种厌弃荒野的所谓新传统。毕竟，荒野确实对这些拓荒者的生存构成了难以克服的威胁，所以他们很少有机会从功利主义之外的标准来衡量荒野。

直到人们摆脱了与荒野相关的困境之后，才开始意识到荒野的道德和美学价值。随着浪漫主义在18—19世纪的盛行，人们对荒野的厌恶感开始有所减少，形容荒野之壮美的概念也自18世纪起得到了广泛应用。到了19世纪中叶，一些美国人已经开始大力赞赏荒野。一些民族主义者意识到，他们的国家（即美国）在自然的野性上是无可匹敌的。于是，荒野成为美国独一无二的东西，成为某种美国文化和道德的渊源，乃至民族自尊的基础。

在美国历史上不乏对荒野的精辟论述。例如，梭罗早在一个多世纪前就提出"世界的保护存在于野性之中"这一著名观点；19世纪末，历史学家特纳［此处指弗雷德里克·杰克逊·特纳（Frederick Jackson Turner）］在他的"边疆假说"中，阐述了荒野在美利坚民族性格形成中的重要意义和作用；20世纪40年代，生态伦理学家、自然文学家利奥波德进一步指出，荒野是人类文明得以建构和实现的原材料。

20世纪60年代，荒野作为文明的对立面，几乎已经成为自然的代名词。也正是从这时起，荒野这一主题在西方引起了人们的又一轮高度关注。20世纪末，一批西方哲学家、知识分子和活动家中的领先者开始在伦理层面赋予荒野以及整个自然以完全独立于其对人类功用目的之

外的存在权利。换言之，他们逐渐认识到荒野自身的存在价值。就美国而言，应当说其对荒野的欣赏和保护的意识产生的时间并不长，是革命性的、仍在进行中的。近年来，对荒野的研究已越来越引起美国学者的兴趣和关注。

荒野主题广泛存在于绘画、文学、文化、哲学、思想史等研究中。对美国自然文学中荒野主题的研究则更具有跨学科特点，涉及文学、历史、哲学、生态学、伦理学、心理学等多个学科。

文史哲本是一家，因此要研究自然文学中的荒野，就不能不提及美国学者纳什（Nash）于1967年出版的《荒野与美国思想》（*Wilderness and the American Mind*）一书，此书先后出了五版，印数达几十万册，经久不衰，成为美国荒野主题研究的一部经典之作。作为第一部从思想史角度全面系统论述荒野的著作，《荒野与美国思想》按照时间的先后顺序，描述了荒野从旧大陆到新大陆的变化过程——从被歧视到被赞美，从被征服到被保护的整个过程，从而阐明了美国人在不断调整对荒野认识的同时，也在调整自身与自然的关系。

另一本有关荒野主题的重要著作，是美国生态哲学的开拓者和奠基者罗尔斯顿出版于2000年的《哲学走向荒野》（*Philosophy Gone Wild*）一书。在书中，作者从"伦理与自然"、"自然中的价值"、"实践中的环境哲学"和"体验中的自然"等四个方面以荒野为题阐述了哲学的环境转向。这不仅是一部哲学专著，也是一部文笔优美的文学作品。

上述这两部著作分别从思想史和哲学的角度探讨了荒野主题，为从跨学科视角研究文学中的荒野主题提供了重要依据。

荒野思想在美国文化中的变化在自然文学中的体现也有迹可循。在史密斯和布雷福德（Bradford）等早期新大陆拓荒者的笔下，荒野是荒凉、恐怖同时又充满了活力的形象；到了超验主义者爱默生和梭罗等的眼中，荒野则成为世界的希望所在，这在我国自然文学研究奠基者之一程虹的著作中有过详细的论述。程虹在其三部专著《寻归荒野》（2001年）、《宁静无价》（2009年）和《美国自然文学三十讲》（2013年）中详细介绍了美国自然文学自发端以来的发展情况并指出，"自然文学渗透着强烈的荒野意识"，"荒野是人类的根基，也是人类精神的家园"[①]。

应当说，美国自然文学作品中关于荒野的主题随处可见，既有对了无人烟的荒漠的描写，如艾比、威廉姆斯（此处指特里·坦皮思特·威廉姆斯）等对美国西部沙漠的描写，也有缪尔、斯奈德等对加利福尼亚丛山的描写。此外，与自然文学相关的代表性研究专著，有谢斯（Scheese）的《自然写作》（*Nature Writing*）和莱昂的《这片举世无双的土地：美国自然文学文选》。这两部著作在阐述美国自然文学发展特点的同时，对包括上述作家在内的经典自然文学作家及其作品也进行了详细解读。

缪尔作为一位对荒野充满激情的自然文学家，被称为"荒野之子"。缪尔把荒野当成一个圣殿，反对人类功利主义地对待自然。为了保护美国的荒野，缪尔进行了不屈的斗争。作为一名自然保护主义者，缪尔强调保存荒野的完整性。他指出，荒野是上帝赐给人类的礼物，荒野的美需要人们用心去想象、去欣赏；人的经济需求固然重要，但不能以破坏精神世界为代价。由此可见，缪尔思想的核心是超功利主义的环保观，即每一种生物都是值得尊敬的，万物是相互依存的。"当我们试图把任何一个事物单独拿出来时，会发现它其实与周围的事物密不可

[①] 程虹：《美国自然文学三十讲》，北京：外语教学与研究出版社，2013年，第16页。

分。"① 缪尔呼吁建立国家公园,以保护大自然之美,并希望人们用心去欣赏自然之美;他促使美国联邦政府通过了国家公园法,建立了最早的一批国家公园;等等。国家公园思想作为缪尔思想遗产的一部分,受到了美国人的尊敬,他也因此被尊为"美国国家公园之父"。

总的来看,美国自然文学中以荒野意识为核心的大地伦理体现了生态整体主义思想,这为建构人与自然的和谐共存关系提供了文学上的范例。

在现代社会,人对自然的观念很大程度上已经从亚里士多德时代的有机整体观转变为机械割裂观;自然也从一个有生命的世界,转变为只是用来供人类认识、利用和改造的无生命体。随着现代化进程的加快,在科学技术之巨大力量的推动下,人类对自然肆无忌惮地进行着掠夺,其结果是在将自然剥削得满目疮痍的同时,也破坏了人类自己赖以生存的家园。

自然文学中的生态自觉重新审视了人与自然万物、人类文化与自然规律之间的联系,并由此坚信,人类是自然生态系统中不可分割的一个组成部分,在生态环境中应该起到积极、恰当的作用。利奥波德提出的"荒野是人类锤炼文明的原材料"的观点表明,荒野不是一种具有同样来源和构造的原材料,而是极其多样的。由此可见,荒野的多样性决定了经由对其锤炼而产生的"文化"也是多种多样的。

同样,文化的丰富多样性也反映出作为其原材料的荒野的多样性②。每一块荒野、荒野中的每一处都具有独特的价值。关于这一点,罗尔斯顿的观点是,在人类文化出现之前,自然已经具有了无穷的多样

---

① 缪尔:《山间夏日》,川美译,天津:百花文艺出版社,2008年,第3页。
② 利奥波德:《沙乡年鉴》,侯文蕙译,长春:吉林人民出版社,2000年,第178页。

性,是各类生命的共同体。我们不能通过牺牲自然的多样性来换取所谓的秩序,也不能通过牺牲精彩的自然历史来获得所谓的系统性。荒野的存在增强了自然历史的成就,野性的存在使得自然界中的每一处都与其他之处不同,从而形成了自然界中随处可见的差异性,这种差异性使每一个生态系都是独特的,从而体现出更多的价值[①]。

怀特海认为,大自然就像生物有机体一样,其各部分是相互依存的关系,没有哪个部分能够被单独抽离出来而不改变机体自身的整体特征。怀特海指出:"一切事物都与其他事物勾连在一起——不是像机器内部那样只是表面上机械地连在一起,而是从本质上融为一体,如同人身体内的各部分一样。"[②] 由此可见,保持生物多样性就是保护自然机体的各个部分,一个物种的消亡就意味着自然机体的伤残和欠缺;消亡的物种越多,作为整体的自然生态就会越不健康。

综上,自然文学作家对大自然中的一切存在物都持有敬畏的立场和态度,承认自然规律的自发调节作用。他们意识到,荒野的健康关系到自然生态系统的整体健康,也关系到人类的福祉;建立人与自然之间和谐共生的关系时,更多涉及的是艺术而非科学。因此,自然文学倡导人们走进荒野,倡导对待自然时的诗性模式。可见,作为艺术形式的自然文学肩负着让人们正确认识荒野,从而建立和谐的人与自然关系的重任。在这之中,具有理论建设性意义的大地伦理的提出,可以帮助人类清楚认识自己在生态系统中的位置,从而为实现整个生态系统的健康、美丽做出贡献。

---

① 罗尔斯顿Ⅲ:《哲学走向荒野》,刘耳、叶平译,长春:吉林人民出版社,2005年,第244页。

② 沃斯特:《自然的经济体系:生态思想史》,侯文蕙译,北京:商务印书馆,2007年,第318页。

第四章　中国传统文化对美国自然文学的影响

如前所述，美国自然文学开绿色写作之先河，以散文、日记等非小说形式探索人与自然的关系，以第一人称表述为主，以写实方式描述作者由文明世界走进自然环境时身体和精神的体验。美国自然文学从17世纪的自然史书写开始，经由18—19世纪一批自然文学作家走入自然去寻求自我认识这样一个过程，逐渐发展成为当代自然文学作家聚焦人与自然的关系，从而在全球生态危机日益严重的现实情况下实现人与自然和解的尝试和努力。

在上述发展过程中，美国自然文学除了具有其国内独特的新大陆特征，并且深受欧洲思想影响之外，还受到了东方文化的浸润，尤其是受到了中国传统思想中的自然观的影响。一些美国自然文学家不仅吸收、接纳了中国思想中的自然观，而且对此加以实践。

第一节　中国传统思想中的自然观

自然观是世界观的一部分，是指对自然界的总体认识，包括对人与自然的关系等的根本看法。中国古代常用"天"来象征自然，因此中国的传统自然观也主要表现为天人观。我国古代先哲常常借用天人关系来说明人与自然的关系，其中"天人合一"表征的就是中国传统思想中人与自然之间的和谐统一关系，是中国哲学的核心。根源于《易经》的中国哲学，不论是儒家、道家还是后来融入中国文化的佛家，都遵循天人合一哲学的整体论观点。"以天人合一哲学思考的中国思维方式，是人与自然统一的思维，是生态整体性的思维。"[①]

一、儒家的自然观：以自然立法

儒家的这种与大自然和谐共生的思想，是在以农为本的社会生产中，顺应自然、遵循自然规律的表现。《论语·述而》中说："子钓而不纲，弋不射宿。"意思是说，孔子用鱼竿钓鱼而不用渔网捕鱼，是因为担心用渔网会造成过度捕捞，从而破坏生态平衡；孔子从来不用箭射归巢栖息的鸟儿，是因为归巢的鸟儿还要养育雏鸟。孔子这样做的目的是告诉人们，人类不应该过分地向大自然索取，而应当顺应自然的生存法则；要对大自然心存仁爱，不能取之无度。这就是孔子"仁"的思想的一部分。

孟子深受孔子的影响，提出"君子之于万物，爱之而弗仁；于民也，仁之而弗亲。亲亲而仁民，仁民而爱物"（《孟子·尽心上》）。意

[①] 余谋昌：《生态思维：生态文明的思维方式》，北京：北京出版社，2020年，第37页。

思是说,我们对人要仁爱,对世间万物要爱惜。由此可见,孟子既重视人与人之间的关系,也重视人与自然的关系,并将爱护自然上升到了伦理的层次。孔孟观点倡导人与自然的均衡、和谐,反映出儒家朴素的生态意识和环保意识。

汉代儒家思想之集大成者董仲舒认为,人来自天,自然界是人的生命来源;他还强调"天人感应",认为天和人同类相通,自然和人为是合一的,人是自然的摹本。自董仲舒起,"天人合一"思想的影响力也更强了。以"天人合一"为理论基础,儒家衍生出"中庸之道",这成为中国人交往文化的基本特点之一。中国人在为人处世、待人接物等方面都深受中庸思想的影响,不喜欢走极端,做事留有余地,凡事总要把握一个度,讲分寸,讲"和为贵",讲"与人为善"。可以说,儒家的自然观深深地影响了中国人的民族性格,而这种谦逊仁爱的性格是和西方大相径庭的。

二、道家的自然观:走入自然

道家学派的代表人物老子认为,"道"是世界的本原,是世间万物的法则,是客观的自然规律。老子说,"有物混成,先天地生,寂兮寥兮,独立而不改,周行而不殆,可以为天下母。吾不知其名,强字之曰道"(《老子》第二十五章);又说,"人法地,地法天,天法道,道法自然"(《老子》第二十五章)。道家认为,人应该以大地为准则,地则要遵循天,天又应该效法道,而道取法于自然。因此,只有回归自然,才能达到一种和谐的状态。

老子认为,在天地之间,人与自然受到的是同样的待遇、同样的恩泽。如前所述,在效法自然方面,老子以人道依附于天道,以天道推演人道,以求天人和谐,从而达到极致。老子认为,自然就是最好的法则，回归自然就是遵循道，只有不刻意地进行人为干扰，方能安身立命。

庄子继承了老子的学说并加以提升，他在《齐物论》中提出"天地与我并生，万物与我为一"的观点。庄子认为，天地宇宙与人类是同根同源、同生同在的，人类可以在"忘我"的状态下，直接将人和世间万物连接在一起，由此追求对自然本性的回归。

总体而言，道家和儒家对自然的观点从本质上讲是相似的，都主张对自然的尊敬和与自然关系的和谐。几千年来，人们对孔孟、老庄思想的研究从未停止。古代先哲对自然的看法，对人生哲学的见解，对世界的认知，都代表着中国传统的自然观，成为中国文化重要的组成部分。

三、佛家的自然观：与自然交融

相传，佛祖释迦牟尼在旷野中修炼时进入禅定状态，此时大自然中的万物，包括树木、河流、虫鸟等都同他一起修炼。从这一点上而言，佛祖得道的过程就是将自己与万物融为一体的过程。两汉时期，佛教传入中国，此后吸收了儒家、道家的思想，把自然界与佛的境界融合在一起。后来的禅宗更加推崇自然，常常借用自然山水来阐释"禅"的真谛。佛教是一个崇尚自然生态的宗教，认为"一片树叶，其中也蕴含着太阳、月亮、星辰的光芒，蕴含着空气、泥土、时间、空间与心识，蕴含着整个宇宙"[1]。

自古以来，佛教的寺院大多修建在深山密林之间，与大自然交融在一起，和谐相处。唐宋时期，禅宗进一步突出并强化了这种自然观。禅宗注重人的内心修炼，重视个人的内心情感体验，追求的是个体在自然

---

[1] 鲁枢元：《生态时代的文化反思》，北京：东方出版社，2020年，第179页。

之中觉悟的境界。禅宗主张在修禅的过程中，不被俗世的一切所吸引，从而追求一种人与自然互相融合的境界，这就是佛家所推崇的禅的境界。可以说，"佛学就是心灵学，是引导生命走向健康圆满的心灵学"①。正是由于佛教对自然的崇尚，修佛之人才愿意投身自然山水之间，静思默察，断除人欲，以求开悟。

在佛家的眼里，万物皆有灵，大自然的一草一木、一山一石，皆有佛性。佛教倡导众生平等，尊重生命，珍惜生命，这既是佛教的根本理念，也与敬畏生命的生态伦理观相一致。佛教认为，一切生物都是平等的，都拥有生存的权利，人不是宇宙的主人，而是和其他生灵一样，一起生活在自然共同体中。于是，"戒杀"成为佛教徒必须严格遵守的戒律，"放生"则成为修行的善举。佛教徒不仅食素、忌酒、止杀，还会定时放生。当前，西方的消费主义生活方式已经给生态系统带来了巨大的负担，造成了严重的破坏，简朴、低能耗的生活正成为现代人保护自然的一种选择。佛教徒对淡泊宁静、简约朴实的生活方式的追求，可以说为现代人提供了一种新生活的重要范本。

古今中外，自然一直是文学创作的主题，纵观整个中国文学，我们不难发现，中国人认为"只有在自然中，才有安居之地；只有在自然中，才存在真正的美"②。魏晋南北朝时期，人与自然的融合达到了一个高峰，这一时期文学与自然的关系尤为密切：知识分子将注意力转向山水，他们欣赏山水之美，确立了审美性的自然观，他们中的许多诗人、画家走进大自然，形成了独具特色的山水田园诗和山水画。事实上，中国画的绝大部分素材都来源于自然界的山山水水、花鸟虫鱼。可

---

① 鲁枢元：《生态时代的文化反思》，北京：东方出版社，2020年，第200页。
② 小尾郊一：《中国文学中所表现的自然与自然观》，邵毅平译，上海：上海古籍出版社，2014年，第1页。

以说，中国画所表现的主要内容之一就是人与自然的关系，人们用艺术将人与自然融为一体。

随着历史的演进，中国的自然观的内涵也在不断地丰富和发展，但"天人合一"的内核是始终不变的。我们的古人顺应自然的规律进行农业生产和生活，热爱自然，敬畏自然，与大自然和谐相处。这样的自然观，成为中国传统文化的重要组成部分。

第二节　西方自然观

人与自然的关系取决于人对自然概念的理解和定义。

布伊尔在其环境批评的新作《环境批评的未来》一书中指出，威廉姆斯（此处指雷蒙德·威廉姆斯）认可了自然的三个基本含义：其一，自然是一些事物的本质特征；其二，自然是"引导世界的内在力量"，即古典神话或18世纪自然神论中大写的自然（Nature）；其三，自然是物质世界，它有时（而不总是）包括人类。威廉姆斯说，在上述第三个含义中，自然被宽泛地用来指"人类没有制造过的东西。如果人类在足够久远的年代制造了它们（如一堵灌木墙或一片沙漠等），通常它们也将被归为自然物"。因此，看起来像自然的东西其实经常是被自然化了的东西[1]。

布伊尔指出，工业革命之后，没有被人类影响所改变的那个传统意义上的自然可能已不复存在了。事实上，几千年间，自然就一直屈从于人类的改造。

哲学家索珀（Soper）将关于非人类自然的思考区分为三个层面：

---

[1] Lawrence. Buell, *The Future of Environmental Criticism: Environmental Crisis and Literary Imagination*, Malden: Blackwell Publishing, p. 143.

其一，将自然作为一个"形而上"的概念（指"人类借此思考其差异和特性"）；其二，将自然作为一个"现实主义"的概念（指结构、过程和"在物质世界里生效的"力量）；其三，将自然作为一个"世俗的"或者"表层的"概念（指"世界中通常可观察到的特征"）①。

西塞罗（Cicero）是最早对比"第一（原始）自然"与"第二自然"的人。所谓"第二自然"，是指人类通过灌溉、筑坝等方式创造的自然。到了现代，这种区分被某些马克思主义思想家重新创造并更新。他们认为，在资本主义背景下，交换价值和使用价值以更复杂的方式对自然进行了调和。但是，此后的新马克思主义者又主张，全球资本主义霸权已经使第一自然和第二自然的区别模糊不清，正如史密斯所说，"自然的生产而不是本质上的第一自然或第二自然，才是主导性的现实"，"自然的生产不应该被混同于对自然的控制"。但是，第二自然在相关且非技术性的意义上被继续应用的情况，指的是因习惯和/或文化而受到的自然化的行为或态度的影响。与此同时，正如瓦克（Wark）所说，视像和信息技术的出现引起了"第三自然"概念的产生，意指作为技术再生产物的自然②。

英国哲学家、历史学家柯林武德（Collingwood）在《自然的观念》一书中，将西方自然哲学的演进过程分为三个时期。他认为，其中的每个时期都有一个占主导地位的自然观，每一个自然观都建立在一个类比之上。例如，古希腊自然观是有机自然观，它基于自然［大宇宙（macrocosm）］与人类个体［小宇宙（microcosm）］之间的类比。又

---

① Lawrence. Buell, *The Future of Environmental Criticism: Environmental Crisis and Literary Imagination*, Malden: Blackwell Publishing, 2005, p. 143.

② Lawrence. Buell, *The Future of Environmental Criticism: Environmental Crisis and Literary Imagination*, Malden: Blackwell Publishing, 2005, p. 143.

如，文艺复兴的自然观是机械自然观，它基于上帝创世与工匠制造机器之间的类比。再如，现代自然观是进化自然观，它基于自然过程与历史过程之间的类比。

古希腊自然科学建立在自然界浸透或充满心灵这个原理之上。古希腊思想家把自然界中心灵的存在看作世界规则或秩序的源泉，他们把自然界视为一个由运动物体组成的世界，而运动物体自身的运动是其活力或灵魂使然。但是，古希腊思想家同时相信，自身的运动是一回事，秩序又是另一回事。心灵在其所有的显示（不论是人类事务还是别的什么）中，都是统治者，是支配或控制的因素。

自然界不仅是一个运动不息因而充满活力的世界，而且是有秩序和有规则运动的世界，因此，古希腊思想家认为自然界不仅是活的，而且是有理智的（intelligent）；不仅是一个具有灵魂或生命的巨大生物，而且是一个具有心灵的理性生物。对此，古希腊思想家论证道，居住在地球表面及其邻近区域的被创造者的生命和理智，代表了这种渗透一切的活力和理性的一个特定化、局域化的组织。植物或动物，如同其在物料上可分为世界"躯体"的物理组织那样，依它们自身的等级，在灵性上（psychical）也可分为世界"灵魂"的生命历程，在理智上可分为世界"心灵"的活动[①]。

自然作为有理智的有机体这种希腊观念基于自然与人类个体之间的类比之上。个体先是发现了自己作为个体的某些特征，于是接着推想自然也具有类似的特征。个体认为自己是一个各部分都恒常、和谐运动的身体。为了保持整体的活力，这些运动微妙地相互调节。同时，个体还发现自己是一个按照自己的意愿操纵这具身体之运动的心灵。于是，作

[①] 柯林武德：《自然的观念》，吴国盛译，北京：北京大学出版社，2006年，第4—5页。

为整体的自然界就被解释成按这种小宇宙类推的大宇宙①。

柯林武德把16—17世纪的自然观命名为"文艺复兴的"宇宙论。他认为，文艺复兴时期的自然观是与古希腊自然观相对立的：前者不承认自然界是一个有机体，认为它既没有理智，也没有生命。因此，自然界没有能力以理性的方式操纵其自身的运动，甚至它根本就不可能自我运动。它的运动性和规律性都是外界施与的。于是，自然界不再被视为一个有机体，而是"一架机器，不论是从字面意义或是从严格意义上而言都是如此；是一个被它之外的理智心灵为着一个明确的目的而设计出来并组装在一起的躯体各部分的排列"。因此，文艺复兴时期的思想家们把自然界的秩序看作是理智的表现，认为它是自然之外的某种东西，即神性创造者和自然统治者的理智。然而，对于希腊思想家来说，这个理智就是自然本身的理智②。

柯林武德认为，文艺复兴时期的机械自然观在其根源上也是类比的，其先决条件，首先，是基于基督教的创世观和全能上帝的观念；其次，是基于人类设计和构造机械的经验。16世纪时，西方工业革命已在酝酿和萌芽之中，印刷机和风车、杠杆、水泵和滑轮、钟表与独轮车，以及在矿工和工程师中大量使用的各种机械，构成了人们日常生活的特征。那时，许多人都懂得机械的本质，制造和使用这类东西的经验已经开始成为欧洲人一般意识中的一部分。因此，这就导出了如下命题：上帝之于自然，就如同钟表制造者或水车设计者之于钟表或

---

① 柯林武德：《自然的观念》，吴国盛译，北京：北京大学出版社，2006年，第10页。

② 柯林武德：《自然的观念》，吴国盛译，北京：北京大学出版社，2006年，第5—10页。

水车①。

"现代自然观在某些地方要归功于古希腊宇宙论和文艺复兴时期的宇宙论，但又从根本上区别于它们。"②现代自然观的形成，建立在自然科学家所研究的自然界的过程和历史学家所研究的人类事务的兴衰变迁这两者之间类比的基础之上。正如文艺复兴时期的宇宙论形成于当时的人们对制造和操作机械之广泛熟悉的背景之中，现代宇宙论只能产生于对历史研究的熟悉，尤其是熟悉那些将过程、变化和发展概念置于其图像中心，并将其作为历史思考之基本范畴的历史研究。现代自然观中出现了"进化"的观念。这一观念认为，生物物种不是固定不变的永久种类的仓库，而是随着时间的前行而存在和消亡的。

具体而言，现代自然观这种基于同历史相类比而形成的自然观的主要观点，包括以下几个方面：

第一，变化不再是循环的，而是前进的。古希腊的、文艺复兴时期的和现代的思想家都一致认为，自然界中的一切事物都处于持续不断的变化之中。但古希腊思想家认为，这些自然的变化归根结底是循环的。现代思想家则在由"历史不会自我重复"的原理所导出的进步或发展的概念支配下，认为自然界是其中无物重复的第二世界，是因新事物的持续涌现而像人类历史那样有着进步特征的第二世界。

第二，自然不再是机械的。在进化论中，自然界中可能有机械的存在，但自然本身不可能是一个机械。这是因为，在将进化观念引入自然科学的条件下，把同一件事情在同一时间描述成既是机械的又是发展的

---

① 柯林武德：《自然的观念》，吴国盛译，北京：北京大学出版社，2006 年，第 10 页。

② 柯林武德：《自然的观念》，吴国盛译，北京：北京大学出版社，2006 年，第 10 页。

或进化的,这是不可能的。

第三,再次引入目的论。现代自然观将被机械自然观排除了的目的论的观念,再次引入自然科学。现代自然观主张,"自然中的所有事物都有一种把自己保持在自身的存在之中的努力","对于进化的自然科学而言,自然中任何事物的'存在'就是它的'流变'……自然中的所有事物都试图保持在其自身的演变中:继续它已经置身其中的发展过程,只要它存在着"①。

第四,将实体消解为功能。在进化的自然观之上逻辑地构造出来的自然科学,将其所关涉的结构分解为功能。于是,自然被理解为是由过程组成的,自然中任何特殊类型的事物的存在,都可被理解为是一个正在进行的、创造特殊类型的过程②。

至此,柯林武德为我们勾勒出了西方自然观念演变的历史。

纵观人类文明的发展,人类与自然生态的关系,总体而言是从前者对后者的依赖、从属、敬畏朝着索取、掠夺、进犯与藐视的方向发展的③。

在神话的文学原型中,人类与自然万物在生命的含义上呈现出你中有我、我中有你的整体结构。文学源自人因在自然之中的活动而产生的审美快感,体现的是人类的情感成长于自然整体之中。在神话世界里,万物平等,人与自然只是身体形式的不同。神是让人卑微地崇拜着的伟大而不朽的自然力的象征。对于初民而言,神的世界是真实的存在空

---

① 柯林武德:《自然的观念》,吴国盛译,北京:北京大学出版社,2006年,第15—31页。

② 王宁:《文学理论前沿》第三辑,北京:北京大学出版社,2006年,第148页。

③ 王宁:《文学理论前沿》第三辑,北京:北京大学出版社,2006年,第148页。

间，人的形象则是微不足道、可以省略的旁观者和承受者。神可以因任何缘故而制造福祉或灾难，神意味着绝对的力量和价值渊源。神话文学的生态再现是以充满矛盾的"和谐"方式来体现的：人在觊觎那伟大的自然力的同时，又不得不匍匐在其脚下。

神话时代的结束，意味着人与自然之间不和谐关系的开始。神话时代的结束，是在人类自身的"神圣意识自觉"的萌芽中开始的。在西方，以基督教为核心的中世纪文化延续了神话时代超越自然力的英雄主义价值观念，并将其改造成某种秩序和唯一神的道德观念。人与自然的关系也走向了人脱离自然之形而上学的轨道。

宗法时代（也可以说是漫长的封建时代），意味着人与自然关系之形而上学的转向。人与自然之间有灵的、直接的、互动合一的关系越来越趋于淡泊，而以人为主体的新的伦理道德、经济秩序等围绕着理想的圣人和唯一的上帝展开。宗教或礼教的力量取代了自然神的力量。人与自然的关系被人与神/上帝的关系掩盖了。这一时代生态观念的演进，直接表现的不再是人与自然的关系，而是人与神/上帝的关系，并在这种关系中实现以人类为中心的秩序。于是，人与自然被现实地置入利用与被利用、征服与被征服的工具意义的二元对立关系之中。宗法时代文学的生态功能，表现了人与自然之间的现实主义与浪漫主义这两种不同的关系特征。除了人与自然之间现实主义的对立关系外，宗法时代的文学文本还体现着人与自然之浪漫主义的精神联系，这种联系包含着人类回归自然的线索。换言之，人类在对自身人性的探索以及在自我实现的追寻中，萌生了现代主义的生态自觉。

进入现代社会，人类的自然观从亚里士多德时代的有机整体观转变为无机机械观：自然从一个由永恒的实体控制的、自为运转的有生命的世界，转变为可供人们认识、利用和改造的无生命的创造物。如前所述，随着现代化进程的加快，在科学技术之巨大力量的推动下，人类对自然肆无忌惮地进行着掠夺。其后果是，人类在令自然淡出自身视野的同时，也破坏了自身安身立命的家园。当人类实现了渴望已久的对自然的控制时，却发现人类的存在必须依赖于其在控制自然的过程中所打破的自然界的平衡。由此，现代主义的文学生态自觉地重新审视人与自然万物、人类文化与自然规律之间的联系，坚信人类是自然生态系统中不可分割的一个组成部分，在生态环境中应该起到恰当的作用①。

第三节　美国自然文学作家对中国传统思想的接受与实践

如前所述，在美国的自然文学作家中，不乏受中国传统文化影响进而在其作品中加以呈现，甚至将一些中国传统生态理念付诸实践的作家。19世纪中期正是美国汉学确立的时期，美国传教士对中国文化的研究与介绍带动了美国民众对中国传统思想的认识。以爱默生和梭罗为代表的美国自然文学先驱通过译介儒家经典等来了解中国先贤的思想，这些早期的美国自然文学作家因受儒家、道家等思想的影响而在其文本中体现出生态整体观等自然观念和思想。20世纪，斯奈德等自然文学作家作品中所倡导的大地伦理、敬畏生命等深层生态思想，也是受到了中国传统文化或间接或直接影响后而进行的创造性转化。在这些自然文学作家走进自然，通过人与自然的亲密接触和相互融入而获得的精神升华、心灵净化等美好体验，以及认识自然、实现人与自然和谐共生的生活实践中，也有着明显的道家理念的烙印。

---

① 王宁：《文学理论前沿》第三辑，北京：北京大学出版社，2006年，第126—159页。

接下来,笔者将聚焦爱默生、梭罗、斯奈德这三位美国自然文学作家对中国传统思想的接受和实践,追踪中国传统思想中的自然观念在美国的传播情况,同时探索在命运共同体理念框架下文化多元化的重要性。

一、中国传统思想中拒斥悲剧的生命观

西方当代学者米克在《生存的喜剧:文学生态学研究》一书中说道:"拒斥悲剧的生命观对于结束人与自然之间漫长的灾难性争斗是必需的,拒斥对悲剧的渴求是避免生态灾难的重要前提。"①米克认为,不论是就文学形式还是哲学态度而言,悲剧似乎一直以来就是西方文化的独特发明。悲剧文化强调的是对立、冲突行为的结果,或者是对抗行为本身所带来的愉悦。从普罗米修斯受难、俄狄浦斯王命中注定的罪恶,再到《圣经》中的原罪,都积淀为"反叛、对立、毁灭、死亡、救赎"的西方悲剧文化基础,从而形成"死亡的意义不断深化,而生命的意义不断淡化的悲剧情结"。

这种以牺牲生命为救赎代价的悲剧情结,造成了"人类轻视甚至无视生态环境在场的心理,膨胀了人类高于自然万物、人类无所不能的人类中心主义意识"②。对此米克认为,在生态灾难面前,人类应该放弃对悲剧的盲目推崇,应该以喜剧所描绘的生存模式来取代悲剧式的生存模式。中国传统思想中所主张的整体之有机平衡、祥和安定,以及注重人与自然和谐共存、拒斥悲剧的生命观,恰恰就是米克所定义的喜剧范式。

---

① Meeker Joseph W., *The Comedy of Survival: Studies in Literature Ecology*, New York: Charles Scribner's Sons, 1972, p. 59.

② 王宁:《文学理论前沿》第三辑,北京:北京大学出版社,2006年,第153页。

现代生态伦理学的创始人之一、德国哲学家史怀泽（Schweitzer）指出，中国古代思想产生于对自然的观察，认为天和地以一种和谐的方式相互存在："地和天（或者阴与阳）并非互相对抗的。光明和黑暗并不像查拉图斯特拉哲学那样作为善和恶的存在而在斗争中彼此对立。在中国的文化理念中，它们是相互补充的，并以此构成整个现实世界。"[1] 中国古代思想虽然承认自然力的二元存在，但并不主张二元对立，而是认为互为补充的天和地是相互影响并以和谐的方式共存的，其本质上是一体的。这就有别于西方二元对立的理性思想。

当然，西方思想界也在反思中不断调整自身对自然的认识和态度。对此鲁枢元指出，在19世纪中叶，西方思想界一些先知先觉的人们开始了对工具理性的批评和对现代性的反思，开始了对工业时代科学技术的重新认识。因为他们发现，自启蒙运动和工业革命以来，由于自然与人文的分裂和对立，以及工具理性和科学技术至上思想的主导，西方社会的现代化进程加速，但这却是以对大自然的无度掠夺为前提的，其结果是"造成了地球自然生态的衰败和与之相应的现代人精神生态的沦落"。

在这一反思过程中，一些西方学者"开始以认真严肃的态度钻研中国文化，开始对中国古代圣哲表达出由衷的敬意，开始从中国传统文化中学习如何与自然和谐相处"[2]。例如，因提出"耗散结构"而闻名于世的科学家普里高津（Prigogine）指出，"中国文明对人类、社会与自然之间的关系有着深刻的理解。近代科学的奠基人之一莱布尼茨（Leibniz）也对中国非常推崇，他把中国想象为文化成就和知识成就的

---

[1] 史怀泽：《有大用的中国思想史》，常晅译，南京：江苏人民出版社，2018年，第72页。

[2] 鲁枢元：《自然与人文》，上海：学林出版社，2006年，第4—5页。

真正典范","中国的思想对于那些想扩大西方科学的范围和意义的哲学家和科学家来说,始终是一个启迪的源泉"①。

英国当代科学史家尼德海姆(Needham)在读了《庄子·在宥》后说:"请记住,当今人类所了解的有关土壤保护、自然保护的知识和人类所拥有的一切关于自然和应用科学之间正确关系的经验,都包含在《庄子》的这个章节中。这一章和庄子所写的其他文字一样,看起来是如此深刻,如此富有预见性。"②

史怀泽在对西方人与自然关系的观念进行反思时,对中国老子、孔子、孟子、墨子等思想家追求天人关系的和谐一致,把世界过程归结为追求伦理目标的世界意志表示敬佩和赞赏,认为中国先哲"强调人通过简单的思想建立与世界的精神关系,并在生活中证实与之合一的存在"。史怀泽指出,这种思想以"奇迹般深刻的直觉思维"体现了人类的最高生态智慧,是"最丰富和无所不包的哲学"③。

中国传统思想在美国的正式传播始于 19 世纪初期。19 世纪 30 年代,美国汉学研究的开山鼻祖裨治文(Bridgman)在其创刊的《中国丛报》中,就有对中国儒家文化和道家哲学思想的介绍。在美国的自然文学作家中,儒家和道家思想中所强调的人与自然和谐共生的生命观得到普遍认同,这主要体现在他们对儒家天人合一、仁爱万物的自然观和道家道法自然、崇俭抑奢观念的推崇和实践上。

二、万物合一、仁爱万物的自然观

中国传统思想对早期美国文学产生的重要影响,主要体现在 19 世

---

① 鲁枢元:《自然与人文》,上海:学林出版社,2006 年,第 657 页。
② 鲁枢元:《自然与人文》,上海:学林出版社,2006 年,第 600 页。
③ 史怀泽:《敬畏生命:五十年来的基本论述》,陈泽环译,上海:社会科学出版社,2003 年,第 125—128 页。

纪以爱默生和梭罗为代表的超验主义者的身上，他们通过美国早期传教士对中国文化的研究和介绍获得了对中国的间接认识，而中国传统思想，如"作为以改造人类社会为宗旨的道德哲学而出现的儒家思想，经爱默生、梭罗等的解读、契合、借用等，成为美国超验主义思想的内在组成部分之一"①。

在此应当指出的是，爱默生对中国的整体印象总的来说是负面的。他认为，"中国的乏味在于其无穷无尽的重复，不论是事件、人物还是面孔，似乎都千篇一律"②。在当时这种负面评价并不是个别现象，而是19世纪西方主要思想家对中国的普遍认识。他们认为，当时的中国已经变成"一个自满自足、停滞不前、愚顽不化、腐败无能的综合物，深深地陷于历史的迷宫里"③。

当然，即使是在这样的社会大背景下，爱默生还是将他的赞美之词献给了孔子。爱默生被他的传记作家称为"美国的孔子"，他对中国的兴趣主要来自中国的儒家。通过阅读大量的翻译文字，他"很快便通过孔子深入到中国文化的核心"④。爱默生曾摘录了几十段《论语》的译文，并从中选取了21段刊登在《日晷》杂志上，其中最吸引爱默生的是儒家传统中诸如"宇宙的整体性、自然与人的和谐、人的整体性、伦理型与审美型的思维、沉思的气质、直观的认识方式"⑤等特点。儒

---

① 刘略昌：《梭罗与中国》，北京：九州出版社，2018年，第150页。
② 钱满素：《爱默生和中国：对个人主义的反思》，北京：东方出版社，2018年，第176页。
③ 钱满素：《爱默生和中国：对个人主义的反思》，北京：东方出版社，2018年，第184页。
④ 钱满素：《爱默生和中国：对个人主义的反思》，北京：东方出版社，2018年，第80页。
⑤ 钱满素：《爱默生和中国：对个人主义的反思》，北京：东方出版社，2018年，第88页。

家有关万物合一的宇宙整体观和自然与人之和谐的理念,在爱默生的著作《论自然》中有着完美的呈现:"站在空地上,沐浴在快乐的空气中,我仰头望向无尽的天穹——所有狭隘的自我都消失了。我变成了一个透明的眼球。我什么都不是,我看到了一切。全能的上帝之流在我体内流淌,我是上帝的一个颗粒,是上帝的一部分。"①

在自然中,爱默生体验到个体与自然万物合而为一的整体性,即自己不再是一个孤立的个体,而是成为宇宙的一个颗粒。"我并不孤独,也不陌生。植物冲我点头,我也向它们致意。"② 在对美的理解上,爱默生也强调完整、和谐的重要性,他认为自然是由各种形态构成的整体,衡量美的标准就是自然形态的统一,即"自然的一体完整性",即"万物合一"。

爱默生的追随者梭罗也秉承宇宙整体观,他在著作《瓦尔登湖》中写道:"这是一个美好的黄昏,整个身体只有一种感觉,每一个毛孔都汲取着快乐。我奇异地在大自然中自由来往,已与大自然成为一体。"③

可见,爱默生和梭罗这两位美国自然文学的先驱虽然没有在其作品中直接引用儒家思想中的自然观,但毫无疑问二人所持有的"宇宙同一"的整体观却受到了儒家思想的极大影响。

在美国当代自然文学作家中,深受中国传统文化影响的则非斯奈德莫属。他被誉为"深层生态桂冠诗人",是著名诗人、散文家、环保主义者,对东亚传统文化研究颇深并深受其影响。我国港台学术界研究斯

---

① 爱默生:《论自然》,吴瑞楠译,北京:中国对外翻译出版公司,2010 年,第 4 页。

② 爱默生:《论自然》,吴瑞楠译,北京:中国对外翻译出版公司,2010 年,第 5 页。

③ 梭罗:《瓦尔登湖》,王家湘译,北京:十月文艺出版社,2019 年,第 130 页。

奈德的专家钟玲认为,"在对中国文化了解的透彻性与全面性上,斯奈德在美国作家之中无人能比"①。

中国的山水画、古代诗歌以及儒释道等思想对斯奈德生态思想的形成起到了重要作用,他的作品中大量融入了中国的儒释道思想。其中,东方生态伦理观倡导的人与自然的和谐关系深受斯奈德的欣赏和推崇。他认为,有别于犹太教、基督教等坚持的人与自然二元对立的关系,东亚文化一直主张人类是自然的一部分,认为自然犹如一张巨大的网,是一个不可分割的整体。

斯奈德的作品充分体现了他的生态整体观,正如其诗歌《砌石》中所写的,"世界像无穷的/四维空间里/一局围棋"。整个棋盘中的每个棋子都独具功能,不可或缺,它们相互依存、共同构成完整的一局棋,正如生态系统中的万物彼此依赖、共生共存,共同构成了生命与非生命的共同体。在《光的用途》一诗的结尾,斯奈德希望"人类站在更高的位置上,获得更深刻、更清晰的视野,看看'地球生命的共同体中优雅的成员'各自的作用,以及它们构成的这个完美的整体"②。值得一提的是,这首诗结尾的那句"如果你更上/一层楼/便会看到更远的千里。"引自中国古代诗人王之涣《登鹳雀楼》中的"欲穷千里目,更上一层楼",从中足以看出中国传统文化对斯奈德深刻的影响。

儒家的"中和"观主张对人对物均采取不走极端的宽容态度,提倡"仁爱万物"的理想,这既影响了中国人对人的态度,也影响了中国人对其他生命的态度,从而形成了尊重一切生命的伦理观。道家也主

---

① 高歌、王诺:《生态诗人加里·斯奈德研究》,上海:学林出版社,2011年,第51页。

② 高歌、王诺:《生态诗人加里·斯奈德研究》,上海:学林出版社,2011年,第156页。

张，人类应当敬畏与热爱包括动物在内的一切生命，不要轻视生命、暴殄天物。史怀泽指出，道教经典《太上感应篇》批判了为取乐而进行的驱赶和宰杀动物的行为，提倡重视和善待各种生命："慈心于物……昆虫草木，犹不可伤……射飞逐走，发蛰惊栖，填穴覆巢，伤胎破卵……非礼烹宰……劳扰众生……春月燎猎。"① 史怀泽进一步指出，"中国伦理学的伟大，在于它天然地并在行动上同情动物"②。他认为，《太上感应篇》所表达的思想是"'天（上帝）'赋予一切动物以生命，为了与'天'和谐一致，我们必须善待一切动物。《太上感应篇》将喜欢狩猎谴责为下贱行为，并认为植物也有生命，要求人们在非必要时不要伤害它们"③。正如国内学者雷毅所言，"道家思想已经超越了人类中心主义，是一种基于平等主义的生态观和尊重生命与自然的伦理观"④。

深受中国传统思想影响的梭罗和爱默生假定了超灵魂的存在，认为人类不过是生态系统中的一个生态单位。所有自然的存在，包括人甚至石头，对于梭罗来说，都结合在一起成为一个整体。如前所述，梭罗认为，"我心目中的地球不是一种麻木的、惰性的物质。它是一个实体，它有精神，是有机的和在其精神的影响下发生变化的，并且，在我身上无论如何都存在着那种精神的微粒"⑤。梭罗主张对宇宙持更开放的看

---

① 史怀泽：《有大用的中国思想史》，常暄译，南京：江苏人民出版社，2018年，第235页。

② 史怀泽：《敬畏生命：五十年来的基本论述》，陈泽环译，上海：社会科学出版社，2003年，第75页。

③ 史怀泽：《敬畏生命：五十年来的基本论述》，陈泽环译，上海：社会科学出版社，2003年，第73页。

④ 雷毅：《深层生态学思想研究》，北京：清华大学出版社，2001年，第76—77页。

⑤ 沃斯特：《自然的经济体系：生态思想史》，侯文惠译，北京：商务印书馆，2007年，第106页。

法，他坚信所有的生物都是平等的：植物、臭鼬，乃至行星和星星，都是围绕着我们的平等伙伴①。

面对当下日益严重的生态危机，斯奈德提出了解决危机的重要路径——保护荒野和保持野性。他认为，生态系统中的每一个成员都是构成整体的特殊个体，都扮演着各自的角色，都是系统中平等的成员。在这之中，荒野"近乎完美地合乎规则且自由自在，荒野展示了地球上动物、植物以及包括我们人类自身在内的丰富多彩的生活"②。斯奈德强调，荒野是自然万物共同的家园，所有地球成员共同享有自然赋予的生存权利；人类要仁爱万物，不能以自我为中心而损害其他生物的利益。

上述三位作家对待自然界中其他生命的态度充分表明，在自然的整体生态关系中，人类只是众多物种中的一员，既不比其他物种高贵，也不比其他物种卑微。因此，生物圈中的所有生物作为与整体相关的部分，由于自身具有的内在价值而拥有了平等地位。人类对其他生命应该秉持敬畏的态度，因为在生态系统的生命网络中，每一个物种都构成了网络中的一个结点，不同物种的生命彼此勾连，形成了一个彼此呼应、休戚与共的生命共同体。

三、道法自然、崇俭抑奢的行事准则

西方深层生态学对道家思想情有独钟，因为道家思想为其理论提供了更为有利的依据。道家主张，人的行为要遵循"道"，正如老子所

---

① Bishop James Jr., *Epitaph for a Desert Anarchist, the Life and Legacy of Edward Abbey*, New York: Maxwell Macmillan, 1994, p. 223.

② 斯奈德：《禅定荒野》，陈登、琼琳译，南宁：广西师范大学出版社，2014年，第16页。

说,"人法地,地法天,天法道,道法自然"①。在这之中,"道"是指自然规律,人作为自然整体的一部分,其行为不能违反自然规律,这样才能达到人与自然的和谐共处。

斯奈德认为,《道德经》已经清晰明了地阐释了中国早期文明用"道"或"路"来描述自然和实践的过程。同时,他对"道"有着自己独特的理解,即"'道路'是指有迹可循,引领你去某地的'线路'","汉字的'道'本身就意指'路、道、径或引领/遵循'。从哲学层面来看,'道'指的是真理的本质和门径"②。斯奈德深受道家"合乎道""无为"等观念的影响,所以特别强调人在自然中要有恰当的行为。他认为,只要行为得当,"道法自然",那么在很大程度上"道"就可以引人抵达惊喜之境。因此,斯奈德主张,人们要关注自己的行为,不要忽视人类和其他生物之间的生态-经济链。

在《禅定荒野》一书中,斯奈德列举了人类由于不恰当的行为和生产方式而在不同国家和地区对自然造成的伤害。例如,在地中海地区,由于不当的农耕方式导致各种野生动物栖息的森林遭到越来越严重的破坏;在中国,随着农业的发展,低地阔叶林逐渐消失,"大约在3 500年前大部分都已不复存在";在美国,西海岸被商业化了的森林自19世纪70年代开始遭到砍伐,随着砍伐工具和运输工具的发展,砍伐规模居高不下,其最终结果是西海岸低纬度地区的森林被砍伐殆尽。由于人类的行为不遵循自然规律,从而对自然造成了不可逆转的破坏。这不仅影响人类的生存,而且危及其他生物的生存。因此,斯奈德特别强调,人类的行为要"合乎道"。

---

① 罗义俊(译注):《老子》,上海:上海古籍出版社,2012年,第71页。
② 斯奈德:《禅定荒野》,陈登翼、琼琳译,南宁:广西师范大学出版社,2014年,第164,165页。

此外，中国传统思想中关于保护土地及水资源的理念以及富含生态伦理的修身方法等，也对美国的自然文学作家产生了深远影响。道教提倡"见素抱朴，少私寡欲"，认为崇俭抑奢、适度消费是十分必要的，主张人要控制自己膨胀的欲望，尊重自然的权利，不过分干扰和破坏自然，归于朴初、寡欲、和谐的自然天性。这样，人方能远离物欲的膨胀，避免人性的异化，静心养性，达到"天地与我共生，万物与我为一"的境界；摆脱外物的诱惑，从而化解人与自然、人与社会、人与自我的矛盾，利于自然和社会的可持续发展。

梭罗深受中国传统文化中"崇尚节俭"之理念的影响，这在梭罗于瓦尔登湖畔的简单生活观的实践中可见一斑。从1845年到1847年的两年多时间里，梭罗独自生活在瓦尔登湖畔。在那里，他尝试着用自己的双手解决最为基础的生存需求，实践简单生活的理念。他认为，过度的欲望和需求占据了人们的时间和精力，使人活得像一架机器，"被通常称为需求的一种命运的表象所支配"①。他劝诫人们思索什么是人的主要目标，当获得了生活必需品时，就不必再需要过量的东西，这样的好处是人们可以从卑微的劳作中解放出来。

梭罗告诫人们要保持清醒和健康，主张降低需求，简单生活，而他自己就是简单生活理念的积极施行者。如前所述，梭罗选择在瓦尔登湖畔的一处地方盖房子，他在那里不断践行简单的生活观，不仅亲自动手盖好了遮蔽风雨的木屋，而且种植蔬菜和农作物来满足自己的日常食物需要。他从两年多的实践经验中了解到，"获得必需的食物容易得令人难以相信，人可以和动物一样吃简单的食物，而仍然能够保持健康和体力"②。梭罗亲身实践过的这种没有过度需求之简单生活

---

① 梭罗：《瓦尔登湖》，王家湘译，北京：十月文艺出版社，2019年，第54页。
② 梭罗：《瓦尔登湖》，王家湘译，北京：十月文艺出版社，2019年，第60页。

第四章　中国传统文化对美国自然文学的影响

的好处就是，从日常的劳作中解放出来，从而拥有了更多的时间去做一个自由的人。

斯奈德则强调"荒野"存在的重要性以及它和"自由"的关系。"一个人若想寻获真正的自由，就必须去体悟最简朴、最原生态的生活方式。世界是自然的，归根结底，也必然是野性的。"① 他很欣赏和认同中国古代诗人"关心民生疾苦、简朴恬淡、与自然相融的个人生活"②。为了表达对中国古代诗人之境界的崇高敬意和向往，他甚至写下《仿陶潜》以及献给陆游的诗，并且在仿写中国诗人的诗作中加入自己的生活感悟和体验。

在中国古代诗人中最受斯奈德推崇的是有"诗隐"之称的寒山，他翻译了24首寒山的诗作，将寒山介绍到美国，使之成为当时美国青年人的偶像：寒山以天为幕、以地为席，徜徉在大自然中的生活方式引起了美国青年的强烈兴趣，成为他们所向往的生活。斯奈德本人亦游走于森林和大山中，探索和感受自然，将自然视为自己真正的家园。对自然的热爱使斯奈德乐于过简单朴素的生活。与此同时，他对现代消费社会中人类超常的物质欲求和过度消费提出了批判，指出人类的不恰当行为给自然带来了额外负担，其产生的恶果超出了自然的承载能力。

综上，通过分析三位美国自然文学家对中国传统思想的接受和实践，可以看到作为汉学一部分之中国传统思想中的自然观念在美国的传播，同时也可以看到文化互鉴的益处，以及文化多元化的必要性。随着全球文化交流的日益增多，文化上的趋同性和多样性同

---

① 斯奈德：《禅定荒野》，陈登、琼琳译，南宁：广西师范大学出版社，2014年，第5页。
② 高歌、王诺：《生态诗人加里·斯奈德研究》，上海：学林出版社，2011年，第130页。

时存在。然而,全球化的一个极端却是试图使所有文化失去其本土化,达到所谓的文化大一统,以便实现某些人"安全交流"的目的。

实际上,文化的趋同化、单一化最终必然导致生态多样性的丧失,从而对自然生态造成毁灭性的打击,将人类引向生存危机①。文化范式影响了人对自然的态度,生态危机的根源是意识形态的危机,"是人类文化或文明的危机"②。文化的异质性可以使不同文化在观念上进行互补,这有利于人类文明的健康发展。作为世界文明重要组成的东方文明博大宽宏、严于律己、关爱自然,这些可以弥补西方人本主义和科学主义的不足,从而超出地域和种族的界线,超出物种的界线,为危机中的世界带来希望。因此,保护文化多样性就是保护生态多样性。

在全球生态危机日益严重的当下,西方学界重拾对中国传统思想中自然哲学的关注,尤其是身居海外的一批当代学者开启了"新儒家人文主义的生态转向"。哈佛大学教授杜维明指出,这一转向"对于中国精神的自我认同具有重大意义,因为它敦促中国重新发现自己的灵魂,对全球共同体可持续发展的未来也有深刻的意义"③。

步入新时代,基于中国传统思想的现实意义以及全球生态现状,中国提出了建设生态文明和命运共同体的构想,主张人与自然、人与人、国与国之间和谐共生,携手共进。针对未来世界文化的发展取决于全球化与本土化之间的张力和互相制约的实际,中国学者王宁首次基于中国

---

① 胡志红:《西方生态批评研究》,北京:中国社会科学出版社,2006 年,第 178 页。

② 胡志红:《西方生态批评研究》,北京:中国社会科学出版社,2006 年,第 172 页。

③ 鲁枢元:《自然与人文》,上海:学林出版社,2006 年,第 6 页。

语境提出了"全球本土化"(glocalization)的策略，即弱势文化要强化民族立场和民族精神，坚守全球视野下的本土策略，把握世界文化发展大势，以独立的文化主体身份融入世界文化发展潮流，发挥民族文化自身的特长和优势。

第五章　生态文明与美国自然文学

文明是人类文化发展的成果，是人类改造世界的物质和精神成果的总和，也是人类社会进步的象征。在漫长的人类历史长河中，人类文明经历了三个阶段。第一阶段是原始文明（通常指石器时代），人们必须依靠集体的力量才能生存，物质生产活动主要靠简单的采集渔猎，此阶段历时上百万年。第二阶段是农业文明，铁器的出现使人改变自然的能力产生了质的飞跃，此阶段历时约一万年。第三阶段是工业文明，18世纪英国工业革命开启了人类现代化生活，此阶段历时约三百年。起源于英国的工业革命，引发了人与自然主客二分的哲学思维，工业的发展更是导致了人类对地球资源和环境的极大破坏。为了纠正人类的行为，人类必须构建新的文明形式。目前，人类正经历着从工业文明走向生态文明的新时代。

第一节　生态文明的概念与内涵

一、生态文明的概念

所谓生态文明，是指以人与自然、人与人、人与社会和谐共生、良性循环、全面发展、持续繁荣为基本宗旨的社会形态。生态文明是人类文明发展中的一个新阶段，是工业文明之后新的文明形态；生态文明是人类遵循人、自然、社会和谐发展这一客观规律而取得的物质与精神成果的总和。

最早提出生态文明概念的是德国法兰克福大学政治系教授费切尔（Fetscher）。他认为，生态文明对人类而言是一种迫切的需要，把一切希望完全寄托于"无限进步"的时代即将结束。实际上，人们对自己所幻想的终能无限驾驭自然的时代究竟能否到来，也深感疑惑。只有人类和自然界之间处于和平共生的状态之中，人类生活才可以进步，所以必须限制和屏弃那种无限的、直线式的技术进步主义[1]。从人与自然和谐的角度来看，生态文明是人类为保护和建设美好生态环境而取得的物质成果、精神成果和制度成果的总和，反映了一个社会的文明进步状态，是人类文明发展的历史趋势。

历史表明，严重的环境污染最早发生于西方发达国家，环境保护运动和生态思想最早也产生于西方发达国家。在追溯生态文明的思想起源时，人们往往会提及卡森的《寂静的春天》，罗马俱乐部的《增长的极限》以及利奥波德的《沙乡年鉴》。工业文明构建的过程以人类征服自然为主要特征，世界工业化的发展使征服自然的思维占据了主导地位；人类将自然排除在道德关怀之外，对地球资源的无节制攫取，导致地球生态环境的日益恶化。一系列全球性的生态危机说明，地球再也没有能力支撑传统工业文明的继续发展，因此需要开创一个新的文明形态来延续人类的生存，这就是"生态文明"。如果说农业文明是"黄色文明"，工业文明是"黑色文明"，那么生态文明就是"绿色文明"。人类亟待

---

[1] 卢风：《生态文明——文明的超越》，北京：中国科学技术出版社，2019年，第2页。

建设一种基于生态文明的生存模式。

二、生态文明的内涵

如前所述,生态文明是人类文明的一种新形态,是以人与自然、人与人、人与社会和谐共生、良性循环、全面发展、持续繁荣为基本宗旨的文化伦理形态。它以尊重和维护自然为前提,以人与人、人与自然、人与社会和谐共生为宗旨,以建立可持续的生产方式和消费方式为内涵,以引导人类走上持续、和谐的发展道路为终极目标。生态文明是人类对传统文明形态特别是工业文明进行深刻反思的成果,是人类文明形态、文明发展理念和发展模式的进步。生态文明的思维与农业文明、工业文明的相同之处在于,它们都主张在改造自然的过程中发展物质生产力,不断提高人们的物质生活水平。但它们之间也有着明显的不同点,即生态文明突出生态的重要,强调尊重和保护环境,强调人类在改造自然的同时必须尊重和爱护自然,而不能随心所欲,为所欲为。

生态文明与物质文明和精神文明既有共同之处,又有区别。

其相同之处表现为,生态文明并不是要求人们消极地对待自然,在自然面前无所作为,而是要求人们在把握自然规律的基础上积极、能动地对待自然。生态文明要求人类尊重和爱护自然,并在此基础上将生活建设得更加美好;人类要自觉、自律,树立生态观念,约束自己的行动,这些都是与物质文明和精神文明相协调的地方。

其不同之处(或者说生态文明的独特性)则在于,不论是物质文明还是精神文明,都不能完全涵盖生态文明的内容。在生产力水平比较低的时期,人类对物质生活的追求最为迫切。随着生产力的发展,人类物质生活水平得到提高,但是工业文明造成的环境污染、资源破坏、沙漠化等全球性问题也不断产生和恶化。这使人们越来越认识到:发展生产力的前提是不能破坏生态，不能一味地向自然索取，应该致力于保护生态平衡。

20世纪七八十年代，随着世界范围内各种环境问题的加剧以及能源危机的凸显，在全球范围内开始了关于"增长的极限"的讨论，各种环保运动也逐渐兴起。正是在这种情况下，1972年6月，联合国在瑞典首都斯德哥尔摩召开了有史以来第一次"人类与环境会议"，讨论并通过了著名的《人类环境宣言》，从而揭开了全人类共同保护环境的序幕，这也意味着环保运动由群众性活动上升为政府行为。

随着人们对公平（代际公平与代内公平）作为社会发展目标认识的加深以及对一系列全球性环境问题共识的达成，可持续发展的思想也随之形成。1983年11月，联合国成立了世界环境与发展委员会。1987年，该委员会在其长篇报告《我们共同的未来》中，正式提出了可持续发展的模式。1992年，联合国环境与发展大会通过的《21世纪议程》，凝聚了当代人对可持续发展理论的认识。由此可见，生态文明的提出是人们对可持续性发展问题认识深化的结果。

严酷的现实告诉我们，人与自然都是生态系统中不可或缺的重要组成部分。人与自然不存在统治与被统治、征服与被征服的关系，而存在相互依存、和谐共处、共同促进的关系。人类的发展应该是人与社会、人与环境、当代人与后代人的协调发展。人类的发展不能只考虑当代人的利益，甚至为了当代人的利益而不惜牺牲后代人的利益。为此，我们要建设生态文明，树立可持续发展的生态文明观。

生态文明是人类的一个全新的发展阶段。人类社会已经历了原始文明、农业文明、工业文明三个阶段，在对自身发展与自然关系深刻反思的基础上，人类即将迈入生态文明阶段。在价值观上，生态文明倡导人们树立符合自然规律的价值需求、规范和目标，使生态意识、生态道

德、生态文化成为社会的普遍文化意识。在生活方式上，生态文明主张以既满足自身需要又不损害他人需求为目标，践行可持续消费。在社会结构上，生态文明将生态理念渗入社会的各个方面，追求人与自然的良性循环。可见，生态文明要求改善人与自然的关系，用理智的态度对待自然，反对工业时代那种粗放式地利用资源的做法，要求建设和保护生态环境。生态文明与"野蛮"相对，即在工业文明已经取得的成果基础上，用更文明的态度对待自然，拒绝对大自然进行野蛮与粗暴的掠夺，积极保护和建设生态环境，改善人与自然的关系，从而实现经济社会可持续发展的长远目标。

生态文明的核心要素是公正、高效、和谐和人文发展。所谓公正，就是要尊重自然权益，实现生态公正，保障人的权益，实现社会公正。所谓高效，就是寻求使自然界拥有平衡的生态效率，使人类的经济生产活动在不破坏自然环境的前提下低投入、无污染、高产出。所谓和谐，就是要谋求人与自然、人与人、人与社会的公平和谐，以及生产与消费等社会各方面之间的和谐发展。所谓人文发展，就是要追求有品质、品位、健康、尊严的崇高人格。

由此可见，生态文明是生态哲学、生态伦理学、生态经济学、生态现代化理论等生态思想的升华与发展，是人类文化发展的重要成果。其中，生态哲学是用生态系统的观点和方法，研究人类社会与自然环境之间相互关系及其普遍规律的科学。当代主客观一体化的生态哲学，始于马克思主义思想。马克思主义生态哲学理论十分强调人与自然的相互依存，其主题是人与自然环境的辩证统一关系。生态伦理学是以"生态伦理"或"生态道德"为研究对象的应用伦理学。生态伦理学打破了人类中心主义，要求人类将其道德关怀从社会延伸到自然存在物或自然环境。生态伦理学认为，当代人不能为自己的发展和需求而损害人类世世代代的正当权益。所谓生态经济学，是研究由生态系统和经济系统所构成的复合系统的结构、功能及其运动规律的学科。生态现代化理论则是研究利用生态优势推进现代化进程，实现经济发展和环境保护双赢的理论。要建设生态现代化，必须把经济增长与环境保护综合起来考虑，加快推进发展模式由"先污染后治理型"向"生态亲和型"的转变，走可持续发展之路，决不能以牺牲环境为代价来换取一时的发展。

生态文明是人类文明的一种形态，它以尊重和维护自然为前提，强调人的自觉与自律，强调人与自然环境的相互依存、相互促进、共处共融。生态文明的产生基于人类对长期以来主导人类社会的物质文明的反思。自然资料的有限性决定了人类物质财富的有限性，人类必须从追求物质财富的单一性中解脱出来，追求精神生活的丰富，这样才可能实现人的全面发展。无疑，生态文明建设将使人类社会形态发生根本性的转变。

第二节　盲目发展的根源、危害和简单生活的智慧

一、盲目发展的根源、危害

科学技术的发展为人类欲望的实现提供了手段，同时也助长了人类欲望的膨胀。文明的进步，尤其是科学技术的发展改善了人类的物质生活，使人类逐渐减少了劳作的艰辛，满足了人类越来越多的物质欲求。物质欲望的满足不断催生出更大的欲望。欲望不断膨胀的人类在自我中心主义的驱使下对地球肆无忌惮地进行所谓的开发和改造，掠夺地球上的有限资源，只为满足人类所谓的物质文明需要。与此同时，人类在利用自然的过程中，又把不断积累的负担甩给了自然界（地球）。从环境

到物种，工业文明正在毁坏、耗尽包括人类自身在内的自然万物的家园及其资源。随着工业文明进程的深化，地球已经满目疮痍。之所以会这样，最根本的原因就是地球没有被当作有内在价值的有机体，而是被人类片面、主观地工具化了。

西方马克思主义学者、法兰克福学派的代表人物马尔库塞将自然归到有权享有自由的范畴之类。他是美国第一个看清了自然已沦为人类的奴隶的著名激进人士，并提出了"解放自然"的口号。在他看来，在当代资本主义社会中，人与自然的冲突更胜于人与人之间的冲突，这是由于人贪得无厌地追求物质享受所引起的。人为了维持高消费的生活方式，就得不断扩大对自然的开发，实质上就是破坏自然、盘剥自然，就是使"攻击进入生活本能的领域，使大自然越来越屈从于商业组织"，就是使自然成为商品化的自然界、被污染了的自然界、军事化了的自然界。其后果是，不仅破坏了生态平衡，而且将切断人与自然统一起来的纽带，从而使人自身成为一种没有根基的、迷失方向的存在，进而导致直接危害人的生存与发展的恶果的出现①。

罗尔斯顿指出，"检验一个文化是否完美，不是看它是否能将全部的自然用于自己的消费，而是看它是否能够明智地选择社会价值，使自然保持其荒野价值，把自然作为生发出众多历史性成就的生命之源加以欣赏"②。罗尔斯顿认为，当我们要为发展而牺牲一些自然时，我们"得把荒野的价值考虑进去"，看看这种发展是否值得。发展是相对的，而不是绝对的，如果为了发展而牺牲万物赖以生存的自然，那么，从经

---

① 胡志红：《西方生态批评研究》，北京：中国社会科学出版社，2006年，第69页。
② 罗尔斯顿Ⅲ：《哲学走向荒野》，刘耳、叶平译，长春：吉林人民出版社，2005年，第242页。

济学的角度来看收益是递减的。如果我们的发展已经毁灭了大部分的天然荒野，甚至是90%以上的荒野，并且还在不计后果地企图侵占余下的少量的荒野，那么"这个国家在价值观上可真是发狂了"。这种盲目发展的结果将如罗尔斯顿所说："世界文化如果按现在的趋势发展下去，在一代人的时间里就能毁灭地球上1/10的物种，这说明它已变得像癌症一样的狂乱了。"①

威尔逊（Wilson）告诫人们，经济发展和社会进步是建立在环境资源的基础上的。经济增长的内容，包括自然资源因素，应从长期的范围来看，而不能仅仅看产品的产量和流通量。一个国家如果夷平森林，抽干地下水，并且冲走地表土壤，那么，它面临的是一个经济不稳定的未来，其最终代价是走向灭亡②。

罗尔斯顿和威尔逊为人类文化的健康与趋向完美确立了标准，即人类文化的健康并不取决于人类通过剥削自然所拥有的物质财富，而是看其是否能够正确认识自身与自然之间的关系，正确看待自然的价值，"明智地选择自己的社会价值"。如果人过多地关注物质财富，则必然会受物质利益的左右而迷失方向，做出错误的判断，摆错自己的位置。然而，被遮蔽了心灵的人们习以为常地被现存的价值观所误导，过着不自知的生活。

自然荒野面积的减少，以及人们为满足欲望而忙于奔波劳作，使得人们远离自然。就像梭罗所说的，人们被通常称为需求的一种命运表象所支配。大多数人"由于无知和错误，时间和精力被生活中人为的烦

---

① 罗尔斯顿Ⅲ：《哲学走向荒野》，刘耳、叶平译，长春：吉林人民出版社，2005年，第240页。
② 威尔逊：《生命的未来》，陈家宽译，上海：上海人民出版社，2005年，第43页。

美国自然文学研究

恼和过于粗重的劳作挤得满满的,以致无法摘取人生精美的果实……劳作的人没有空闲使自己过上真正完整的生活……除了当一架机器,没有时间当别的"①。

史怀泽则在《敬畏生命》中说,"由于所获得的对自然力的影响,我们不仅摆脱了对自然的束缚,而且使它为我们服务。然而,我们因此也脱离了自然,并陷于一种由于非自然性而带来的存在许多危险的生活条件之中。我们使用机器使自然为我们服务"。史怀泽继续指出,正如《庄子》中所说的,"如果一个人使用机械,那么其就会以机械的方式从事。谁以机械方式从事,就会有一颗机械化的心。人心机械化了,就失去了赤子之心"②。

因受欲望支配而远离自然的人被异化成一架不停运转的机器:被动、麻木、冰冷、没有灵性。他们无暇顾及人生旅途中点滴细微、足以愉悦心灵的体验,因而变得迟钝、冷酷,心硬如铁,锈迹斑斑。反观那些能够悠然地数着天上的星星,深情地闻闻路边的花草芳香,敬畏地看着自然百态的人,才会有一颗柔软温暖的心。

人类的盲目发展的危害还体现在人口的无节制的、过度的增长及其对环境造成的压力等方面。马尔萨斯(Malthus)指出,人口呈指数增长,其后果必然是超过地球上有限资源的承载能力,从而导致饥荒、骚乱和战争。1999年10月12日这一天前后,世界人口达到了60亿人,并且人口数还以每年1.4%的速率增加,相当于每天增加20万人,即增加一个大城市的人口。2011年的人口数则达到了70亿人,

---

① 梭罗:《瓦尔登湖》,王家湘译,北京:北京十月文艺出版社,2009年,第4—5页。
② 史怀泽:《敬畏生命:五十年来的基本论述》,陈泽环译,上海:上海社会科学出版社,2003年,第34页。

预计到 2050 年将达到 97 亿人。这个速度虽然已经开始减缓,但由于人口基数太大,所以还是呈指数增长。与其他灵长类动物的增长相比,20 世纪的人口增长速度更像是细菌繁殖。过度的生育将导致地球超载,地球承载力是有限的,地球人口不能再增加了。

贾斯丁在《环境伦理学》中从人口和消费的角度阐述了人类对环境造成的危害,进而论述了我们对未来和后代的责任。他指出,从 20 世纪 60 年代后期起,人口增长开始逐渐成为环境问题关注的焦点。爆炸式的人口增长要为日益恶化的环境破坏负责。过度的人口增长会增加对环境的破坏。人口越多,人们就需要更多的能源、房屋、食物、工作,并产生更多的垃圾和污染。无疑,要求更大的发展,人们就得忍受更大的污染带来的痛苦。步入 21 世纪,诸如干旱、侵蚀、城市扩大、农田丧失以及污染等已经导致上千万的人成为"环境难民",构成了世界上最大的无家可归、没有土地的人群[1]。

贾斯丁进一步指出,人口过量必然带来过度的消费。由此,更大的灾难来自经济的过度增长,工业社会受消费驱动的生活方式比起人口规模来说更是环境破坏的根源。贾斯丁以美国为例指出,在工业化国家,对环境的人均损害要比发展中国家高很多。美国占世界总人口不足 5%,但是却消费了世界上不可再生资源的 33%。随着发展中国家对"较高生活水平"的追求,其对环境的威胁毫无疑问也会大大增加。对一个给定的、有限的生态系统而言,人口的增加和资源消费的增加都会长期加大对该生态系统的承载压力。

可持续发展理论指出,经济系统只是生态圈的一个子集,它受生态圈的生产能力的制约。如果人口规模增长过度,或经济增长、消费增长

---

[1] 贾斯丁:《环境伦理学》,林官明、杨爱民译,北京:北京大学出版社,2002 年,第 77,78 页。

过快，生态圈就不足以维持人类的生命。据此观点，唯一合理的政策是寻求达到一种人口和经济行为均优化的水平。从长远看，可持续发展提倡人口规模稳定的人口政策。短期来说，可持续发展要求现代工业社会的消费模式发生转变。因为可持续发展的目的是在最有效地利用资源、获得最大产出的同时，与地球生态圈的生态能力相匹配，不超出其承载能力。因此，目前的消费方式，尤其是在消费驱动下工业经济中的消费方式，正是导致环境恶化的元凶，现在的消费情形正是人们亟待改变的东西①。

《多少算够》的作者杜宁（Durning）将世界的生态等级划分为三类：消费者阶层、中等收入阶层和穷人。其中，消费者阶层——全球消费社会的11亿成员——包括所有的人均收入在7 500美元以上的家庭，正享受着以往年代闻所未闻的生活方式。消费者社会对资源的掠夺性开发，具有耗尽、毒害或不可逆地损害森林、土壤、水和空气的危险。为消费者的生活提供的诸如汽车、一次性物品和包装、高脂饮食以及空调等东西，只有付出巨大的环境代价才能实现。

特别是，为消费者社会提供动力的矿物燃料是有很强破坏性的环境输入品。从地球中开采出来的煤、石油和天然气持久地破坏着无数的动植物栖息地，燃烧这些东西会造成世界范围内的空气污染，提炼它们则会产生大量的有毒废物。富人所得到的越多，消耗的自然资源就越多，他们也就比一般消费者更多地干扰了生态系统。然而，具有讽刺意义的是，高消费并不能带来更高的幸福指数。心理学的研究表明，消费与个人幸福之间的关系是微乎其微的。并且，更糟的是，"人类满足的两个

---

① 贾斯丁：《环境伦理学》，林官明、杨爱民译，北京：北京大学出版社，2002年，第78页。

主要源泉——社会关系和闲暇,似乎在奔向富有的过程中已经枯竭或停滞"①,"更多并不意味着更好,否则我们阻止生态恶化的努力将被我们的欲望压倒"②。

杜宁认为,从全球变暖到物种灭绝,消费者应承担不可推卸的责任。他指出,支撑经济发展之生态系统所承担的全部经济负担是三个变量(人口数量、平均消费水平和大量的技术设备)的函数。他认为:"严峻的全球生态危机的挑战要求我们在这三个方面全部获得进步。"③所以,没有消费者社会物质欲望减少、技术改变和人口的稳定,我们就没有能力拯救地球。在此基础上杜宁指出,我们需要一种能够创造舒适的、非消费的、对人类可行的、对生物圈没有危害的,把技术变化和价值观变革相结合的生活方式的引导。

二、简单生活的智慧

美国著名诗人斯奈德主张人类改变以追求物质为目的的文明,从而建立一个与万物共生共荣的社会。所以,他建议改变目前的生活形态,政治与经济的发展都应该以生物伦理为前提,用延续社会的永续发展来替代进步的神话。

1969年,斯奈德提出了"四大变革",希望借由人口、污染、消费和转化四个变革来改变目前的文明。

首先,他主张人口的数量必须大幅降低,以保障其他生物能够共享有限的地球空间。他认为,单纯增加食物产量只会延缓问题,并且让问题更严重。

---

① 杜宁:《多少算够》,毕聿译,长春:吉林人民出版社,1997年,第6页。
② 杜宁:《多少算够》,毕聿译,长春:吉林人民出版社,1997年,第7页。
③ 杜宁:《多少算够》,毕聿译,长春:吉林人民出版社,1997年,第36页。

其次,关于污染,他指出人类已经制造了许多地球难以处理的化学药品,对此应该马上全面停用,让鳟鱼和鲑鱼重新出现在干净的河川中。

再次,在消费方面,他指出应该抛弃不节制的消费习惯,所谓"成长的经济"是大地的癌症,应该予以抛弃,代之以简单朴素的生活。

最后,关于转换,斯奈德指出,现在的都市化文明必须向重视环境、和谐、具有核心精神的文明转化。对此,我们有许多既存文明值得仿效,如中华文明、禅文化等都值得借鉴。斯奈德还提出了改变的方法。他认为,人类必须通过精神的转化才能彻底改变目前的文明与生活方式,佛教教义与禅学思想都可为此提供转化的动力基础,而美洲印第安人及其他一些优良文化的生活哲学也可以为我们提供借鉴[1],从而改变人们的生活方式,进而改变人类盲目增长的发展方向。

有的东西,在有些范围内,对于有的人来说是生活必需品,而在另一些范围内对于另一些人则可能是奢侈品。因此,梭罗主张,"虽然我们生活在物质文明之中,但过一过原始的拓荒生活可能会是有好处的,哪怕只是为了弄明白什么是生活的极端必需品,又是采取了什么方法去获得的……因为时代的进步对于人类生存的根本法则影响很小"[2]。

梭罗认为,对于许多生命来说,只有食物是其生活的必需品。对人类而言,如果能够"自由地、怀着成功的期望去考虑生活中的真正问题",那么实际上也只是需要"食物,遮蔽处,衣服和燃料"。有了遮蔽处和衣服,人们可以保持体内的热度。接着梭罗如哲人般指出:"过多的东西,或者过多的燃料,也就是说,外部的热度超过了我们本身体

---

[1] 林耀福:《生态人文主义》,台北:书林出版有限公司,2002年,第52,53页。

[2] 梭罗:《瓦尔登湖》,王家湘译,北京:十月文艺出版社,2019年,第11页。

内的热度，岂不是可以说就开始了对我们自己的炙烤？"①燃烧超出需要的燃料会炙烤我们自己，同样，无止境的物质欲望也会灼伤人的精神与肉体。"大多数的奢侈品，以及许多所谓使生活舒适的东西，非但不是必不可少的，并且必定会阻碍人类的崇高和向上。"②

就中国而言，建设生态文明已经成为中华民族永续发展的千年大计。我们的愿景是，节约资源和保护环境，像对待生命一样对待生态环境，形成绿色发展方式和生活方式，建设美丽中国，同时为全球生态安全做出贡献。当前，建设生态文明已经成为越来越多人的共同认识，成为关系到国家、民族永续发展的重要课题。构建生态文明离不开生态文化培育，正所谓从人统治自然的文化过渡到人与自然和谐的文化，是人的价值观念根本的转变，生态文化所培育的，正是从人类中心主义的价值取向转变为人与自然和谐发展的价值取向。

第三节 生态文明视角下的美国自然文学

一、自然文学的时代感召

由于人类中心主义价值观的作祟，在工业文明社会，人类盲目追求物质利益，无节制地向自然索取资源，造成自然环境遭到不可逆转的破坏，出现了前所未有的生态危机。怀特（此处指小林恩·怀特）认为，我们的生态危机的根源在于文化，解决生态危机就要改变我们的现有文化范式，构建人与自然和谐共生的生态文化。

---

① 梭罗：《瓦尔登湖》，王家湘译，北京：十月文艺出版社，2019年，第12页。
② 梭罗：《瓦尔登湖》，王家湘译，北京：十月文艺出版社，2019年，第13页。

生态文化的培育离不开社会成员生态教养的养成，美国学者奥尔（Orr）在1992年提出了"生态教养"（ecological literacy）的概念。他认为，人类对自然的行为之所以导致了日益严重的生态危机，在于人们对人类与自然之关系的错误认识，同时缺乏自然科学的知识，尤其是人文科学的知识。因此，奥尔主张进行新的生态教育，培养每一个社会成员所必需的生态教养，以此引导人类实现与自然的和谐共生，实现人类社会的可持续发展。

有学者将生态教养扩展为生态文化教养，认为它的基本内容主要包括两大方面：一是关于人与自然关系的生态知识、态度和直观感受，包括生态知识教养、生态伦理教养、生态审美教养等；二是关于人类生活实践的教养，即生态行为教养，其涉及我们如何在现实生活中养成对待生态环境的良好行为习惯。

通常而言，作为文化呈现形式之一的文学艺术对文化的形成具有积极的推动作用。因此，自然文学作为文学的一部分，在我们进行生态文化培育和生态素养养成的过程中，也有着不可或缺的作用。自然文学是"以文学的形式，引导人们化入一种既有利于身心健康又融入自然的精神境界。它强调人与自然进行亲身接触与沟通的重要性，并试图从中寻求一种文化与精神的出路，唤起人们与生态环境和谐共存的意识，践行新型的生活方式"。[1]

作为涉及人与自然之间关系的自然文学，是20世纪80年代以来在美国文学界兴起的一种文学流派，如前所述，其历史可以追溯到17世纪美国的自然史写作。美国自然文学200多年的发展过程，为当前生态文明价值导向下的生态文化培育积累了大量的优秀文学作品，提供了可

---

[1] 程虹：《美国自然文学三十讲》，北京：外语教学与研究出版社，2013年，第20页。

资借鉴的生态理念和行为模式。美国自然文学开绿色写作之先河,以散文、日记等非小说形式思索人与自然的关系,以第一人称表述为主,以写实方式描述作者由文明世界走进自然环境时身体和精神的体验。可以说,自然文学中的生态知识、生态伦理、生态美以及生态行为模式等,将在生态文化培育中对大众起到普及知识、净化心灵、启蒙思想、提供范例的作用。

二、自然文学中的生态理念

(一) 生态知识教养

生态知识教养要求人们掌握当代生态科学的基本原理和知识,形成整体论的思维模式,确立人与自然是一个相互依存的有机整体的生态世界观。当前的生态危机可归咎于西方文化传统中对待自然的二元论思想和功利主义态度,以及近代哲学主流中的机械唯物论和人类中心主义世界观。深层生态学所持的是一种整体主义的环境思想,通常被称为生态中心主义。这种观点把整个生物圈乃至宇宙视为同一个生态系统,认为生态系统中的一切事物都是相互联系、相互作用的,人类只是这一系统中的一部分;人类的生存与其他部分的存在状况紧密相连,生态系统的完整性决定了人类的生活质量。因此,人类无权破坏生态系统的完整性。

(二) 生态伦理教养

生态伦理教养要求人们在生态世界观的基础上,培育人对自然的伦理教养。也就是说,要认识到所有生命都是具有内在价值的生命主体,人类和其他生命物种组成了一个相互依存的生命共同体,所有物种的生

存利益和命运都有赖于生物圈的正常、安全、健康和持久的运行。对此我们应当认识到，人类中心主义的伦理是从人的利益和价值出发，从人自身的功利角度来看待人与自然之间的伦理关系的，是一种"人际伦理而非生态伦理"。道德哲学家们则从生态学的角度发现了人与非人类存在之间的某些共同特征，因此有理由把生命的内在价值赋予非人类的存在。

自然文学提出了大地伦理、尊重生命等生态伦理观念。如前所述，现代生态中心伦理的起源可以追溯到利奥波德，他提出了包括土壤、水、植物和动物在内的大地伦理概念。1949年，这位美国著名生态学家和环境保护主义的先驱、被誉为"美国新环境理论的创始者"的利奥波德出版了散文集《沙乡年鉴》，这本书是利奥波德一生的观察日记，反映了生态和道德之间的内部关系，是他对自然、土地和人类与土地的关系与命运的观察与思考的结晶。《大地伦理》是其中最有代表性的一篇。

在该文中，利奥波德倡导一种开放的大地伦理，呼吁人们以谦恭和善良的姿态对待土地，提出"一件事，只有当它趋向于保护整个生物圈的完整性、稳定性和美丽时才是正确的，反之则是错误的"之生态良心的基本原则。利奥波德试图寻求一种能够树立人们对土地的责任感的方式，同时希望通过这种方式影响政府对土地和野生动物的态度和管理方式。在这篇文章中，他阐述了土地的生态功能，以此激发人们对土地的热爱和尊敬，强化人们维护这个共同体健全的道德责任感。

(三) 生态审美教养

生态审美教养要求人们培养欣赏和维护生态美，实现一种诗意地栖居于大地之上的高级人生价值。如前所述，爱默生认为，自然之于人类，不仅仅是物质，更是过程和结果。自然展现在人类眼前的不仅仅是有形的物质世界，更有这物质世界所显现的造物的神奇与美妙。自然从来都是抚慰心灵、启迪思想、荡涤灵魂之所在。爱德华兹在牧场中漫步时所体验到的上帝之光的辉映，巴勒斯在鸟儿啁啾、阳光轻抚的森林漫步时高贵灵魂的展现，缪尔在优胜美地山徒步走来时的王者归来风度，梭罗在瓦尔登湖畔辛勤劳作时爱土地、敬自然之朴素情感的流露，迪拉德在汀克溪边对自然朝圣时所感受到的自然之神奇与威力，凡此种种，无不显示出自然中蕴藏着的丰厚的精神资源、充足的心理能量以及实用的指导原则。

同样如前所述，自然文学作家用他们敏感的心灵感受着自然，敏锐地观察、发现着自然；他们用朴实的语言讲述着自然，使自然界中那些我们没有见过或曾经视而不见的东西得以被看见。自然文学作家就是肩负着这样责任的人，他们要让我们了解、感知大自然中各种各样的神奇与美妙。不仅如此，恰如艾比所宣称的那样，"我要做文化的批判者"，他写作时所持有的那种有意识的愤怒态度是希望唤醒人们，而不是去取悦读者。可见，在处理人与自然的关系中，自然文学还力图帮助人们形成正确的观念，并以此影响人们的生活方式。

三、自然文学中的生态实践

生态行为教养要求人们改变不良的生活方式，养成有利于生态系统之健康、稳定、有涵养的行为习惯。自然文学作家中不乏走入自然进行生态实践并将其实践写成自然文学作品的作家。例如，自然文学作家艾比强调沙漠生态系统的和谐与平衡。在其著《大漠孤行》中，艾比讲述了自己与一条牛蛇（gopher snake）相互帮助、和谐共处的经过。

一天早上，艾比正站在活动房前的台阶上喝咖啡。突然，他发现身后的地上有一条响尾蛇。面对这直接的威胁，艾比本能地想到了活动房里的左轮手枪，可是作为公园管理员，他的职责是保护公园里所有的生物，包括这条蛇。同时，出于一种对动物的情感，他也不忍心杀死它。于是，艾比采取了一种生态学的处理方式，他用铁锹把响尾蛇扔出活动房。当响尾蛇再次光顾他的房子时，他捉了一条无毒的牛蛇（当地熟知的一种可以赶走响尾蛇的蛇），将其当作宠物放在房中。

通过这一经历，艾比学习到了重要的一课，同时，他也获得了一种以生物为中心的视野，以及深层次的生态学知识。"因此，我们有义务传播一条消息，即地球上所有的生物都情同手足，不论这条消息对某些人而言是多么痛苦而难以接受。"[1] 艾比身体力行，向我们展示了应该如何对待人类以外的生命，这就是"所有的生物都情同手足"，因此，爱护、尊敬其他生命就等于爱护我们自己。

由此可见，自然文学在生态文化培育以及社会成员生态文化教养的养成中有着举足轻重的作用。自然文学中蕴含的生态知识、生态伦理和生态审美素材如海滩上的贝壳，俯拾即是。例如，威尔逊通过充满诗情画意的笔触对大自然中各种鸟类特性描写而成的九卷本《美洲鸟类学》，是美国第一部有关鸟类的著作，无疑也是一本提供美国鸟类知识的科普图书。艾比、奥斯汀根据他们自己在沙漠中的生活体验写就的作品则向人们展示了沙漠深处不为人知的另一个生态世界。利奥波德在《沙乡年鉴》中不但讲述了土地的故事，还将伦理延伸到土地，提出了大地伦理，将伦理的范畴扩大到土地。缪尔则在《夏日走过山间》中，把各种植物称作"植物的人们"，将动物称作"我的有毛的兄弟"，从而将伦理的范畴扩至动植物。

---

[1] Edward Abbey, *Desert Solitaire: A Season in the Wilderness*, New York: Ballantine Book, 1971, pp. 20-24.

综上，自然文学作家欣赏自然、研习自然、融入自然，他们消解了人类中心主义思想的影响，将人类视作自然大家庭中的一员，从而向人们揭示生态整体的原则。自然文学作品中对大自然中或是野性的壮美或是柔和的优美进行了淋漓尽致的挥洒，从而让自然生动鲜活的图景跃然纸上，如诗如画般呈现在人们的眼前。与此同时，巴特姆、梭罗、奥斯汀、威廉姆斯（此处指特里·坦皮斯特·威廉姆斯）等自然文学作家安于一隅、亲近自然的简单朴素生活，利奥波德、艾比等作家对人们在荒野中驱车直入的工业化旅游方式的反对，又都是对人类破坏自然的生活方式的一种警示。

参考文献

[1] 史怀泽. 敬畏生命：五十年来的基本论述［M］. 陈泽环，译. 上海：社会科学出版社，2003.

[2] 史怀泽. 有大用的中国思想史［M］. 常暄，译. 南京：江苏人民出版社，2018.

[3] 杜宁. 多少算够［M］. 毕聿，译. 长春：吉林人民出版社，1997.

[4] 利奥波德. 沙乡年鉴［M］. 侯文蕙，译. 长春：吉林人民出版社，2000.

[5] 程虹. 寻归荒野［M］. 北京：生活·读书·新知三联书店，2001.

[6] 程虹. 美国自然文学三十讲［M］. 北京：外语教学与研究出版社，2013.

[7] 格里芬. 后现代精神［M］. 王成兵，译. 北京：中央编译出版社，2005.

[8] 贾斯丁. 环境伦理学［M］. 林官明，杨爱民，译. 北京：北

京大学出版社，2002.

[9] 党圣元．新世纪中国生态批评与生态美学的发展及其问题域［J］．中国社会科学院研究生院学报，2010（3）．

[10] 高歌，王诺．生态诗人加里·斯奈德研究［M］．上海：学林出版社，2011.

[11] 梭罗．瓦尔登湖［M］．王家湘，译．北京：十月文艺出版社，2019.

[12] 胡志红．西方生态批评研究［M］．北京：中国社会科学出版社，2006.

[13] 胡志红．西方生态批评史［M］．北京：人民出版社，2015.

[14] 罗尔斯顿Ⅲ．哲学走向荒野［M］．刘耳，叶平，译．长春：吉林人民出版社，2005.

[15] 斯奈德．禅定荒野［M］．陈登，覃琼琳，译．南宁：广西师范大学出版社，2014.

[16] 柯林武德．自然的观念［M］．吴国盛，译．北京：北京大学出版社，2006.

[17] 爱默生．论自然［M］．吴瑞楠，译．北京：中国对外翻译出版公司，2010.

[18] 布伊尔．环境批评的未来［M］．刘蓓，译．北京：北京大学出版社，2010.

[19] 雷毅．深层生态学思想研究［M］．北京：清华大学出版社，2001.

[20] 林耀福．生态人文主义［M］．台北：书林出版有限公司，2002.

[21] 刘略昌．梭罗与中国［M］．北京：九州出版社，2018.

[22] 鲁枢元. 自然与人文 [M]. 上海：学林出版社，2006.

[23] 鲁枢元. 20世纪中国生态文艺学研究概况 [J]. 文艺理论研究，2008（6）.

[24] 鲁枢元. 生态时代的文化反思 [M]. 北京：东方出版社，2020.

[25] 罗义俊（译注）. 老子 [M]. 上海：古籍出版社，2012.

[26] 马治军. 中国生态批评的偏误与修正 [J]. 当代文坛，2012（5）.

[27] 钱满素. 爱默生和中国：对个人主义的反思 [M]. 北京：东方出版社，2018.

[28] 斯洛维克. 走出去思考 [M]. 韦清琦，译. 北京：北京大学出版社，2011.

[29] 沃斯特. 自然的经济体系：生态思想史 [M]. 侯文蕙，译. 北京：商务印书馆，2007.

[30] 王宁. 文学的环境伦理学：生态批评的意义 [J]. 外国文学研究，2005（1）.

[31] 王诺. 欧美生态文学 [M]. 北京：北京大学出版社，2003.

[32] 王诺. 欧美生态批评 [M]. 上海：学林出版社，2008.

[33] 王诺. 生态批评与生态思想 [M]. 北京：人民出版社，2013.

[34] 韦清琦. 绿袖子舞起来：对生态批评的阐发研究 [M]. 南京：南京师范大学出版社，2010.

[35] 薛敬梅. 生态文学与文化 [M]. 昆明：云南大学出版社，2008.

[36] 余谋昌. 生态思维：生态文明的思维方式 [M]. 北京：北京出版社，2020.

[37] 缪尔. 山间夏日 [M]. 川美, 译. 天津: 百花文艺出版社, 2008.

[38] 曾繁仁. 论我国新时期生态美学的产生与发展 [J]. 陕西师范大学学报 (哲学社会科学版), 2009 (2).

[39] 张华. 生态美学及其在当代中国的建构 [M]. 北京: 中华书局, 2006.

[40] 赵光武. 后现代主义哲学述评 [M]. 北京: 西苑出版社, 2000.

[41] 赵光旭. 生态批评的三次"浪潮"及"生态诗学"的现象学建构问题 [J]. 外国文学, 2012 (3).

[42] 赵一凡, 张中载, 李德恩. 西方文论关键词 [M]. 北京: 外语教学与研究出版社, 2006.

[43] ABBEY, EDWARD. Desert solitaire: a season in the wildernesss [M]. New York: Ballantine Book, 1971.

[44] BISHOP, JR JAMES. Epitaph for a desert anarchist, the life and legacy of Edward Abbey [M]. New York: Maxwell Macmillan, 1994.

[45] BUELL, LAWRENCE. The future of environmental criticism: environmental crisis and literary imagination [M]. Malden: Blackwell Publishing, 2005.

[46] GARRARD, GREG. Eco-criticism [M]. London and New York: Routledge, 2004.

[47] GLOTFELTY, CHERYLL, FROMM, et al. The eco-criticism reader [M]. Athens: University of Georgia Press, 1996.

[48] LOVE, A GLEN. Practical eco-criticism: literature, biology, and the environment [M]. Charlottesville: University of Virginia Press, 2003.

[49] LYON, J THOMAS. This incomparable lande [M]. New York: Penguin Books, 1991.

[50] J W MEEKER. The comedy of survival: studies in literature ecology [M]. New York: Charles Scribner's Sons, 1972.

[51] PETERSON, DAVID. Confessions of a barbarian: selections from the journals of Edward Abbey, 1951—1989 [M]. Boston: Little, Brown, 1994

[52] SLOVIC, SCOTT. Going away to think [M]. Reno: University of Nevada Press, 2008.